Il Convivio

Platone

Texte et illustration de couverture : © domaine public
Edition : Culturea (Hérault, 34)
Contact : infos@culturea.fr
Retrouvez notre catalogue sur http://culturea.fr
Imprimé en Allemagne par Books on Demand
Design typographique : Derek Murphy
Layout : Reedsy (https://reedsy.com/)

Dépôt légal : janvier 2023

ISBN : 9791041844173

APOLLODORO: La vostra dimanda non m'ha colto alla sprovvista, par a me; ché è poco, da casa mia, dal Falero, mi toccò a venire su in città. Ora un tale dei miei conoscenti, di lungi, m'aocchiò da dietro, e mi diè una voce in maniera scherzosa dicendo: - Eh tu, Falerese, Apollodoro, non aspetti eh?

- Io sto, e aspetto.

Ed egli: - Io cercavo di te pur ora, Apollodoro mio, per la voglia che io ho d'aver conoscenza degli amorosi ragionamenti fatti al banchetto da Agatone, Socrate, Alcibiade e quegli altri che vi si trovavano. Parlommene sí un tale che li aveva sentiti da Fenice, il figliuol di Filippo; ed egli mi disse che li sapevi anche tu: tanto per parte sua mi lasciò in un bel buio. Va', contameli; chi piú di te è al caso di raccontare i discorsi dell'amico tuo! Ma io vo' innanzi sapere: a quella conversazione c'eri tu, o no?

- Eh si vede, - rispos'io, - che quegli ti lasciò al buio, se credi che la conversazione della qual mi domandi, sia una cosa fresca fresca, che mi ci potessi ritrovare anche io.

- Cosí credevo io.

- Come! non sai, Glaucone, che son già molti anni che Agatone qui non ci s'è riaffacciato, e che non sono ancora tre anni ch'io me la passo con Socrate, e ogni dí gli pongo mente a quel che dice e a ciò che egli fa? Prima io girandolavo a casaccio, e mi davo aria, ed era il piú disgraziato uomo che mai, non men che tu adesso, tu che credi s'ha a fare tutt'altro, piuttosto che filosofare.

- Lascia andare i motteggi; su, va' là, spicciati: questa conversazione quando fu?

- Noi si era anche putti piccoli quando vinse Agatone con la prima sua tragedia, che il giorno appresso celebrò la vittoria con sacrifizi e banchetto, egli con tutti quei del suo coro.

- Uh quanto tempo è! e a te chi li raccontò? Socrate? proprio lui?

- No, per Giove, - rispos'io, - ma quel medesimo che raccontolli a Fenice, un tale Aristodemo, un Cidateneo, un omino cosí, piccolo, sempre scalzo. Egli c'era alla conversazione, essendo al mio credere un de' piú appassionati per Socrate fra tutti quelli d'allora. Cionondimeno, di certe cose ch'io udii da lui, io ne volli dimandar Socrate stesso; e Socrate me le raffermò tali quali.

- E perché non me le conti? - disse l'altro, - non vedi che la strada par fatta apposta per parlare e per ascoltare?

E cosí, via facendo, io gli parlai di quei ragionamenti su Amore: ecco perché alla bella prima io vi dissi che non mi avevate colto alla sprovvista. Se dunque volete proprio che pure a voi li racconti, lo farò; perché, fra l'altre, quando io parlo ovvero sento parlare di Filosofia, oltre all'utile che mi par di cavarne, io ne ricevo il piú gran diletto che immaginar si possa. Ma veh! quando sento parlar certuni, specialmente voi altri, gente quattrinaia, vo in collera e vi piango, essendo voi miei amici, vi piango perciocché credete di far gran cosa, e non fate un bel nulla. Forse anche voi in cuor vostro piangete me, credendomi un pover'uomo. E sul conto mio credo che voi crediate il vero; ma io sul conto vostro? eh! altro che credere, lo so di certo.

AMICO: Sei sempre tu già, Apollodoro; sempre te la pigli con te e con gli altri; e, al vedere, tutti, tu il primo, sono miserabili ai tuoi occhi, tranne Socrate. Io non so come ti sii buscato il soprannome di Furioso; ma certo mai non apri bocca che non tiri giú arrabbiatamente contro a te, contro a tutti, tranne il tuo Socrate.

APOLLODORO: Sí, caro mio, io a pensarla cosí di me e di voi, io sono un furioso, un che mena giú botte a diritta e a manca.

AMICO: Va', non val la fatica di starci piú sopra a spettegolare, o Apollodoro; meglio è che ti metta una buona volta a contare quei benedetti discorsi su Amore: te n'abbiamo pregato tanto! non la tirare piú in lungo.

APOLLODORO: Ecco, furono questi, su per giú; ma no, vo' contarveli da capo, fil filo, come fece colui con me.

Mi disse che s'imbatté in Socrate, e che era Socrate tutto allisciato e pulito, coi sandali allacciati, cosa che faceva di rado. Dimandagli dov'era avviato cosí fatto bello. E quegli risponde: - Vo a cena da Agatone: ieri mi scansai al banchetto per la vittoria, ché mi fa paura la folla; e promisigli di andare oggi. Mi son cosí rassettato, acciocché io mi presenti bello a un che è bello. E tu, Aristodemo, te la senti di venir da Agatone, non invitato?

E l'altro: - Sí, come vuoi tu.

Ed egli: - Vienmi dietro; cosí quel proverbio: I bravi ci van da sé a desinare dai da poco; lo rifaremo in questa forma: I bravi vanno a desinare da sé dai bravi; Omero poi, altro che rifatto, e' me l'ha malamente arrovesciato: nientemeno e' mi fa Agamennone un mastro di guerra, e Menelao un guerriero molle; e poi, in quello che il primo fa sacrifizio e banchetta, l'altro difilato, bel bello ci va e ci si sdraia: cioè, un da poco me lo fa andar non invitato a banchetto da un d'assai.

E l'altro, ciò udendo, disse: - Ho paura ch'io, non come di' tu, ma come dice Omero, ch'io sciocco vada non invitato a banchetto da uno savio. Or tu, caso che mi ci meni, che scusa tirerai fuori? Io non dirò che ci son andato da me, sí chiamato da te.

- Strada facendo l'uno appresso l'altro, ci si penserà: moviamoci.

Fatto questo pezzo di dialogo, si mossero. E, per via, Socrate ristette, facendo la sua faccia pensosa, e disse all'altro, che aspettava, d'andare pure avanti. Quegli pervenne a casa di Agatone, e trovò aperta la porta. Qui accadde un caso curioso, perché ratto un ragazzo saltò fuori incontro, e menollo dov'erano sdraiati gli altri: non s'era ancora cominciato a mangiare. Come lo vide Agatone: -Oh Aristodemo! – disse, - tu ci arrivi proprio in sul bello, se per desinare con noi; se per altra faccenda poi, rimandala a un altro giorno; ch'io per invitarti t'ho cercato insino a ieri, e non fui buono di ritrovarti. E perché non ce l'hai tu menato Socrate?

Io, contò egli, mi volgo indietro e, curiosa! Socrate non me lo vedo piú. Risposi ch'io c'era andato con Socrate, proprio con lui, perché m'aveva lui invitato a cena.

- Bravo, e dove s'è rincantucciato?

- Or ora egli venia dietro a me; sarei vago di sapere anch'io dove mai siasi piantato.

- Ragazzo, eh, non vai a vedere? - disse Agatone: - va' e menamelo. Tu poi, Aristodemo, sdraiati presso a Erissimaco.

III.

E contò che un ragazzo gli lavò i piedi perché e' si sdraiasse; l'altro ragazzo intanto torna e arreca le novelle che questo benedetto Socrate s'era tirato da parte avanti a l'uscio d'una casa lí presso. - Ed ebbi un bel chiamarlo, qua non ci volle entrare.

- Oh questa è bella! - disse Agatone: - va', chiamalo di nuovo e nol lasciare.

E Apollodoro: - No, no, - disse; - ella è una sua usanza, che a volte si tira da parte e si ferma dove s'abbatte; verrà, verrà tosto, cred'io, lasciatelo stare, lasciatelo.

- Se cosí pare a te, cosí si faccia, - disse Agatone; e poi: - Su via, ragazzi, dateci mangiare a noi altri: metteteci davanti quel che vi garba, che nessun vi sta addosso, cosa ch'io mai non ho fatta. Fate pur conto d'avere voi invitato a desinare me e questi altri, e serviteci in modo che ci possiam lodare di voi.

Tosto si furon messi a mangiare: Socrate non si vede. Più volte Agatone: - Via, si vada a chiamarlo -; ma Apollodoro non vuole. Ed ecco entra dopo non molto, al solito, ch'eran già a mezzo della cena. Agatone, il quale si ritrovava a stare solo nell'ultimo luogo, disse: - Qua, qua il mio Socrate, vo' che ti segga presso a me, acciocché io toccando te, sapiente, mi entri addosso una parte di quel che ti venne trovato stando avanti agli usci; è chiaro, qualche cosa l'hai avuto a pescare, se no, va' che ti movevi!

Socrate si siede, e risponde: - E' starebbe molto bene, o Agatone, se fosse la sapienza cosí fatta, ch'ella da chi n'è piú pieno scorresse in chi n'è piú vuoto, purché accosti, come fa l'acqua ne' calici, la quale da quello ch'è piú pieno si deriva in quel ch'è piú vuoto, per un bioccoletto di lana. Eh se fosse cosí la sapienza, mi terrei a grande ventura di potere stare sdraiato presso a te; perché m'immagino ch'io sarei riempiuto da te di sapienza abbondante e bella: ché la mia è di nessun pregio, dubbiosa, essendo simile a sogno. La tua poi è in sul montare, è risplendente: invero ella, sibbene tu sii giovane, pur ora levò gran chiarore innanzi agli occhi di piú che trenta migliaia di Elleni, e sfolgoreggiò.

- Eh tu mi burli, o Socrate, - disse Agatone; - ma via cotesta questione di sapienza ce la strigheremo tu ed io di qua a un poco, e Bacco la farà da giudice: intanto pensa a mangiare.

IV.

Sdraiato che si fu Socrate, e cenato ch'ebbe egli e gli altri, in ultimo fecero tutti libagioni; e cantate le laudi a Dio, siccome egli è usanza di fare, rivolsero l'animo al bere. E contò che Pausania cosí su per giú prese a dire: - Via, amici, come s'ha a fare a bere che non s'affoghi? Per conto mio io vi dico chiaro e tondo che io ho la testa un po' pesa dal vino d'ieri, e sento bisogno un po' di rifiatare: e i piú di voi pure, cred'io; ché c'eravate anche voi ieri. Guardate voi dunque come s'ha egli a fare.

Allora Aristofane cosí disse: - Hai ragione, Pausania, convien che si cerchi tutt´i modi a bere piú adagio, che anch'io son di quelli fradici dal vin di ieri.

Udendolo Erissimaco, il figliuolo di Acumeno: - Oh, bravo! - gli uscí di bocca; - se non che io vo' sapere da voi ancora una cosa: Agatone come si sente forte a bere?

- Niente, - rispose egli; - stavolta neppur io.

E l'altro: - Buon per me e per Aristodemo e Fedro e questi altri qua, se voi venite meno, voi bevitori dei piú gagliardi: noi non fa specie, noi sempre a un modo, fiacchi; tranne Socrate, ché egli può bere, può star senza bere, sicché quale che sia il partito che noi pigliamo, egli ci si acconcerà.

- Adunque dacché niun di voi, par a me, se la sente di bere molto, se io su l'ebbrezza la dico com'ella sta, riescirò meno spiacevole. Ecco: la medicina ha fatto chiaro che agli uomini la ebbrezza è dannosa. Né io berrei piú di gusto, né consiglierei altrui a bere; specie se per il vin di ieri egli tuttavia è accapacciato.

- Io, - ripiglia Fedro il Mirrinusio, - per solito ti do retta io, specie quando tu parli di medicina; e stavolta anco gli altri, se hanno giudizio.

Udite cotali cose, si convenne tutti che e' non s'avesse a dar nell'ebbrezza per questa volta, ma sí che si lasciasse bere ciascuno piacer suo.

V.

Ed Erissimaco: - Poiché è già andata questa proposta che ciascuno possa bere a sua voglia senza veruna legge, io ne metto avanti un'altra, ed è che si dia commiato alla sonatrice di flauto che c'è entrata or ora. Suoni ella il flauto per conto suo, o, se le garba, per le donne lí dentro, e noi passiamocela quest'oggi a discorrere. Il soggetto ve lo vo' dare io, se volete.

- Vogliamo sí, daccelo tu il soggetto -: cosí dissero tutti a una voce.

Ed Erissimaco prese a dire:

Io prendo la mossa da un verso della Melanippe d'Euripide: «Le parole ch'io dirò non sono mie», ma sibbene di questa bella figura qua, di Fedro. Fedro, ogni volta mi dice tutto incollerito: - Oh! l'indegna cosa ch'ella è, o Erissimaco, che per tutti gli altri Iddii i Poeti iscialacquino inni e poemi, e per Amore, per un cotale e sí grande Iddio, niuno fra tanta fitta di poeti che c'è stata, niuno ha mai aperto bocca. Guardate ai bravi Sofisti: quelli m'hanno scritto in prosa le lodi d'Ercole e d'altri; come, per dirne uno, il bravissimo Prodico. E manco male, ma ei mi è capitato sott'occhio un libricciuolo d'un sapiente, dove eran laudi spampanate del sale, per l'utilità ch'esso arreca. E di queste tali cose se ne vede lodate frequentemente. E bene, mentre c'è gente che si stilla il cervello in simili piccolezze, niuno mai insino al dí d'oggi ha avuto animo di lodare Amore, lodarlo come va. Oh! cosí trascurasi un Iddio cosí grande! - E qui Fedro ha ragione, par a me: desidero perciò arrecare anch'io la mia pagliuzza e ingraziarmelo, parendomi essere convenevole che oggi noi qui presenti lodiamo questo Dio. E se pare anco a voi, si può passare l'ora con diletto, facendo discorsi; e, cominciando da man ritta, ciascuno di noi avrebbe a dire una laude ad Amore piú che può bella. E prima dica Fedro; ché egli vien prima di lettuccio, e poi fu egli che ha tirato fuori quest'argomento e ne è come il babbo.

E Socrate: - Non ti voterà niuno contro, o Erissimaco; io no, io che dico di non sapere d'altro che di cose d'Amore; e manco Agatone e Pausania, e manco Aristofane, il quale tutto dí se la spassa con Bacco e con Venere, e manco questi altri qua ch'io vedo. E sebbene quei primi di lettuccio son vantaggiati piú di noi altri che siam qui ultimi; pure, se eglino favelleranno a modo e a garbo, noi ce ne contenteremo. Va', Fedro, in buon'ora, comincia tu, e loda Amore.

VI.

Discorso di Fedro.

- Sí, sí, - gridaron tutti a una voce, tenendo dietro a Socrate.

Ora non si ricordava bene Aristodemo di tutto quello che detto avea ciascuno, e neppure io mi ricordo di tutto quello che disse egli a me; perciò vi riferirò solo le cose piú notabili di quei discorsi che piú mi parvero essere degni di ricordanza.

Adunque, mi contò egli, Fedro pigliò prima la mossa, su per giú di qua, dicendo cosí:

Amore è un Iddio grande e appresso gli uomini e appresso gli altri Iddii, e molto maraviglioso, oltre all'altre ragioni specialmente per la sua nascita: conciossiaché, - cosí disse, - l'essere egli il piú antico

Iddio gli torni a grande onore. La prova poi che la è cosí davvero, è che non ci ha parenti d'Amore, e non se ne fa ricordo da nessuno, né prosatore né poeta. Esiodo anzi narra che primo fu il Caos, dipoi la Terra dal largo petto, eterna e secura stanza di tutte le cose, e Amore. In somma dice che dopo il Caos nacquero questi due, la Terra e l'Amore. E Parmenide tocca la generazione di lui cosí: Il primo, primo di tutti gl'Iddii, fu concetto Amore. E con Esiodo altresí Acusilao va d'accordo. E però da molte parti si consente che il piú antico di tutti è Amore. Ed egli che è il piú antico, è, inverso di noi cagione di grandissimo bene; imperocché io non so dire se per alcuno, tosto che si fa giovanetto, v'abbia maggior bene al mondo d'un amante virtuoso, né se per l'amante v'abbia maggior bene d'un virtuoso giovinetto che sia da lui amato. Perché quello che fa regola agli uomini, se vogliono vivere onestamente, non può essere ispirato loro né dalla parentela, né dagli onori, né dalle ricchezze, né da niuna altra cosa al mondo cosí bene, come da Amore. Che voglio dire io? voglio dir la vergogna delle cose sconce, e la vaghezza di quelle leggiadre; ché senza questi due sentimenti non può né repubblica né uomo privato fare opere grandi e belle. Or io dico che qualunque ama, se avesse mai a essere colto sia a fare qualche bruttura, sia a patirla se è di piccolo animo, egli, lo vedesse anche il padre suo o un dei suoi amici o chicchessia, non avrebbe tanta, doglia, quanta se lo avesse a vedere l'amato suo giovinetto. E medesimamente si vede che anche all'amato allora vengon piú le vampe sul viso, quando egli è dall'amante colto in qualche sconvenevolezza. Pertanto se egli ci fosse modo che una città o un esercito fosse tutto fatto d'amati e d'amanti, non potrebbero menarsi meglio le lor faccende, imperocché e' si terrebbero lungi da ogni disonestà, e gareggerebbero tra loro in onoratezza. E combattendo essi, stando accosto accosto uno all'altro, ancora che pochi, per dirvela, vincerebbero tutt'il mondo: conciossiacché un che ama, poniamo che abbandoni le ordinanze e butti via le armi, innanzi vorrà che lo veggano tutti tutti, ma il giovinetto amato no! innanzi egli sceglierà di morire molte volte. Abbandonare poi il suo giovinetto, non aiutarlo lo pericolante! oh niuno è cosí codardo nel cui petto lo stesso Amore non ispiri divina virtú, sino a farlo simile anco al piú bravo.¡

E per fermo quello ardire che dice Omero avere Iddio ispirato in alcuni eroi, Amore lo ispira negli amanti; perciocché solo agli amanti, non pure uomini, ma anco donne, dà il cuore di porre la vita loro per altrui. E di questo fa ai Greci bella testimonianza la figliuola di Pelio, Alceste, avendo ella sola voluto morire per il suo sposo: ed avea pure egli padre e madre. Ma ella di tanto li vinse in affetto, per l'Amore, da farli parere stranii al loro figliuolo, e parenti solo di nome. E questa opera sua parve, nonché agli uomini, ma altresí agli Iddii, cosa tanto bella, che, quantunque molti fatto avessero molte altre opere leggiadre, ella ricevette dagli Iddii il premio dato a pochi, cioè di poter di nuovo l'anima tornare su dall'inferno. In vero gli Iddii, maravigliati di lei, lasciarono ritornare la sua anima: tanto gli Iddii hanno in pregio la virtú d'Amore. Ma Orfeo figliuolo di Eagro, lo rimandaron dall'inferno a man vuote, non dandogli la donna per la quale vi andò, ma mostrandogliene solo un fantasma; imperocché egli parve loro di portarsi mollemente come citaredo ch'egli era, e non avere animo come Alceste di morire per amore, ma invece ingegnarsi di forar vivo vivo in inferno. E però lo castigarono, lasciando ch'egli fosse morto per mano di femmine. E non fecero a lui onore come ad Achille il figliuolo di Teti, e non lo mandarono nelle isole dei beati come quello: il quale, informato per bene dalla madre sua che se egli uccideva Ettore sarebbe morto dopo un poco, e che, non uccidendolo, tornato a casa sua sarebbe campato vecchio vecchio, scelse; e, soccorrendo all'amante suo Patroclo, e vendicandolo, fu non pure ardito di voler morire per lui, ma dopo lui, subito. Onde gl'Iddii d'allegrezza pieni gli fecero onore meraviglioso, da poi ch'egli avea fatto sí gran conto di colui che l'amava. E ciancia Eschilo quando mi dice che Achille era amante di Patroclo; imperocché Achille, non che essere piú bello e di Patroclo e degli altri eroi, non aveva ancora la guancia fiorita di barba, ed era molto piú giovine, come dice Omero. Il vero è che gl'Iddii, che grandissimamente onorano la virtú d'amore, piú ammirano e piú si rallegrano e piú largheggiano in premi quando l'amato ama l'amante, che non quando questo ama quello. Imperocché l'amante è piú divina cosa che l'amato, essendo egli pieno di Dio. E pertanto gl'Iddii onorarono Achille piú che Alceste, mandandolo nelle isole dei beati. Onde io conchiudo che Amore è il piú antico Iddio, e il piú onorato; e il piú possente a infondere valore e procacciare beatitudine agli uomini, sian vivi o morti.

Su per giú questo fu il discorso di Fedro; cosí disse. Dopo lui parlarono alcuni altri; ma, non ricordandosene bene, saltò, e venne al discorso di Pausania.

VIII.

Discorso di Pausania.

Fedro mio, la tua proposta, cosí nuda cruda, Lodiamo l'Amore, non mi garba. Se ci fosse un Amore solo, l'anderebbe molto bene; fatto sta che non ce n'è uno solo: e se non ce n'è uno solo, egli è piú giusto chiarire avanti qual'è quello che s'ha a lodare. Mi proverò io di raddirizzare questa parte, prima dicendo quale Amore convien che si lodi, e poi lodandolo come va.

Si sa da tutti che Venere non è senza Amore: or se quella fosse una, uno sarebbe Amore; ma poi che sono due, necessità è che ci siano due Amori. E come non esser due le Dee? Una è piú antica, senza madre, figlia del Cielo, la quale pure chiamiamo celeste; l'altra piú giovane, figliuola di Diona e Giove, la quale chiamiamo volgare: e però segue che s'ha a chiamare simigliantemente volgare quell'Amore che se la fa con costei, e l'altro, celeste. Ma tanto convenendo lodare tutti gl'Iddii, e' s'ha a dire quello che è toccato in sorte ad avere ciascuno di questi due Amori. Ecco: ogni operazione, per sé considerata, non è né bella, né brutta; per esempio, quel che si fa noi al presente, bere, cantare, conversare; ma tale riesce, qual'è la maniera nella quale essa è fatta. Se fatta onestamente e dirittamente, è bella; se no, brutta. Cosí anche l'Amore; non ogni Amore è bello e degno che sia lodato, ma sibbene quello solo il quale ci conforta ad amare in maniera bella e onesta.

IX.

Ora, l'Amore figliuolo della Venere volgare, è davvero volgare; fa quel che gli s'abbatte. E questo è quel che amano gli uomini dappoco, i quali, la prima cosa amano femmine non men che giovinettini, e poi amano piú i loro corpi che le anime; anzi amano i piú scemi di cervello, intendendo solo alla soddisfazione loro, e alla bellezza o bruttezza della cosa non abbadando. Ond'essi operano a chius'occhi, bene, male, come capita. E la ragione è, che l'Amor loro procede dalla Dea la quale è molto piú giovane, e nella generazione sua ebbe e della femmina e del maschio. L'altro Amore è figlio della Venere celeste, la quale primieramente non ha della femmina, ma solo del maschio (di qua l'amore ai giovinetti); e poi è piú antica e non è lasciva manco per ombra. Onde quei che sono ispirati da siffatto Amore, si rivolgono al maschio, invaghiti essi di chi naturalmente è piú forte e di piú valoroso intelletto. Ed è agevol cosa discernere quei che sono mossi da questo Amore sinceramente; imperciocché non amano alcuno intanto ch'egli è fanciullo, ma sí dopo che ha cominciato a avere l'intendimento, cioè presso alla pubertà. E cominciando essi ad amare di questo tempo, sono con l'animo apparecchiati a starsene tutta la vita con lui, in compagnia dolce; e non son come quelli che t'accalappiano i giovinettini quando non hanno ancor la ragione, e poi, facendosi le beffe, te li piantano, e volano ad altri.

Starebbe proprio molto bene una legge che non si dovesse amare fanciulli, acciocché non si sciupi il tempo e il cuore per una cosa buia; perché non si sa la loro riuscita, non si sa dove si butteranno con l'anima e con il corpo, se al buono o al cattivo. Le persone dabbene se la pongon da sé questa legge; ma converrebbe a piú potere sottomettere a quella per forza anche cotesti amoracci volgari, non altrimenti che per forza li teniamo a piú potere alla larga dalle libere donne. Imperciocché sono dessi quelli che hanno disonestato l'amore, tanto che alcuni osano andare spacciando che il far grazia agli amatori ella è vergogna, avendo a costoro l'occhio, scandalizzati dalle loro improntitudini e birbonate; perché la non sarebbe giammai giustizia che si vituperasse un'azione fatta a modo e conformemente alla legge.

Quanto poi alla legge su amore, ella è facile a intendere nelle altre città, perché semplice assai; quella poi che è qui e in Lacedemonia è piú avviluppata. In fatti, nella Elide e nella Beozia e là dove non è gente spedita a parlare, è semplicemente detto che il far cortesia agli amatori è onesta cosa; e a nessuno, sia giovane o vecchio, verrebbe mai in capo di dire ch'ell'è una bruttura: acciocché, cred'io, non abbiano molta briga a parlare quando si provano di adescare i giovinetti, come quei che hanno la lingua appallottolata. Nella Jonia, per lo contrario, e in molte altre parti dove si vive sotto ai barbari, la si reputa cosa disonesta; imperocché appresso i barbari, causa la tirannia, è brutto questo amore, e anco la filosofia, e anco la ginnastica: e la ragione, cred'io, è che non approda a quelli che tiranneggiano lasciar germogliare magnanimo sentimento nel cuore dei loro soggetti, né forte amicizia, né comunanza tenace, cose specialmente che Amore si piglia diletto di fare. E questo vero i tiranni di qua l'impararono bene a lor spese; imperocché l'amore d'Aristogitone e la salda amicizia d'Armodio la mala signoria loro gittarono a terra. Pertanto, dove fu posto ch'egli è brutta cosa fare agli amatori gentilezza, egli fu per cattiveria dei legislatori e soperchieria de' governanti e dappocaggine dei governati; là dove poi fu posta la semplice legge, che egli è cosa bella, fu per infingardaggine di quei che la posero.

X.

Qui da noi la legge è molto piú savia e, come dissi, non tanto alla mano da poterci vedere subito addentro. In vero, un che badi a quel che si dice da noi, che è meglio amare apertamente che non alla macchia, meglio amare i piú generosi e virtuosi, comeché del corpo piú malfatti degli altri; e badi che tutti incorano l'amatore quanto piú possono, non considerandolo già come un disonesto; e che s'egli imborsa nella sua rete, pare a tutti un bel fatto, e brutto solo quando il pesce via gli guizza; e badi, oltre a ciò, che la legge concede all'amatore, non che di provarsi a pigliare, anco d'esser lodato degli strani ingegni che per pigliare mette in opera: i quali, se ne usasse alcuno che vada in caccia di altra cosa per bramosia di averla, gli frutterebbero infamia; per esempio, uno ghiotto di cavar denaro da alcuno, o un ufficio, o signoria qualsiasi, se venissegli in capo di far di quelle moine che gli amatori fanno a' giovinetti, pregare con le lagrimucce sugli occhi, supplicare a mani giunte, scongiurare, starsene disteso in terra avanti all'uscio, servire in maniera da disgraziarne qualsivoglia servo, egli ne sarebbe impedito da amici e nemici, gli uni rampognandogli l'adulazione e la piccineria, gli altri invocando castighi, e per lui la lor medesima faccia di rossore avvampando. Per contrario, all'amatore si fa grazia di poter fare simili smancerie senza che glie ne venga vituperio, anzi quasi che operasse cose bellissime; e, quello ch'è piú grave, come i piú dicono, solo con lui gl'Iddii chiudono gli occhi se egli giura e spergiura, imperocché dicono il giuramento non tenere in fatto d'amore: ripeto io, a un che badi a tutte queste garbatezze che Iddii e uomini fanno agli amanti, e' crederà che l'amore e il dare orecchio agli amanti sia una gran bella cosa nella città nostra.

Pensare poi, da altra parte, che i padri piantan de' pedagoghi alle costole de' giovinetti amati, dando a quelli comandamento di non lasciarli pispigliare con gli amatori; pensare che se te li pescano gli altri giovinetti loro compagni, e gli amici, gliela cantano bella, e i piú vecchi, se ce n'è lí, a costoro non dànno in sulla voce e stanno zitti; sí, a pensare a questo, uno ricasca nell'opinione che qua simili amori s'hanno per una gran brutta cosa.

Ora ella si striga cosí questa matassa: l'amore, per sé considerato, non è bello né brutto, come dissi già, e non a caso; ma è bello quando si fa in maniera bella, quando in maniera brutta, è brutto. Brutto è quando malvagiamente si fa cortesia a un malvagio; bello, quando si fa onestamente a persona onesta. Malvagio poi è quell'amatore volgare, il quale amando piú il corpo che l'anima, e perciò non essendo durabile come colui che di cosa non durabile è innamorato, tosto che sfiorisce la bellezza del corpo il quale egli amava, se ne vola via, pigliandosi giuoco di sue belle parole e promesse. Quello, per lo contrario, che dell'indole buona s'innamorò, non già del corpo, rimane lí per tutto il tempo di sua vita, come colui che a cosa stabile disposò il suo cuore. Ora ecco l'intendimento della nostra legge: ella vuol far la cerna degli innamorati, e vuole che inverso di quelli spirituali si usi benignità, e da quelli corporali si stia alla larga. Pertanto, ella sprona gli amatori a dar la caccia, gli amati a scappare via, volendo essa tentare e cimentare con questa specie di gare la natura degli uni e degli altri.

E però, il lasciarsi pigliare lí per lí si tiene per gran brutta cosa, perché è bene che passi del tempo; ché il tempo è un saggiatore bravo di molto. Oltre a ciò, brutto è l'esser preso dalla bramosia di ricchezze e civili ufficii, sia che il giovane trattato malamente impauri e non rilutti, sia che voluto ungere con danaro, o tirar su in mezzo alle faccende della repubblica, non disprezzi; conciossiaché veruna di queste cose può essere salda e stabile, e di generosa amicizia principio e cagione.

XI.

Ecco adunque come vanno regolate da noi le faccende d'amore. E' c'è una legge, la quale lascia che l'amatore si disfoghi a piacer suo a servire il suo giovinetto, senza che gliene torni infamia, senza che gli si possa dire in faccia: - Tu aduli -. E c'è pure una legge, la quale dice che servitú volontaria che non arrechi vergogna ce n'è una sola, quella per reverenza alla virtú. E veramente, se alcuno liscia ed accarezza un altro, facendo fra sé e sé conto d'avere per mezzo suo a migliorarsi in sapienza o in alcuna altra parte della virtú, non è già adulazione cotesta specie di servitú volontaria, non è quella sí brutta cosa. E però devono cospirare coteste due leggi mentovate, quella su l'amore dei fanciulli e quella su l'amore della sapienza e della virtú in genere, se si vuole che sia davvero cosa bella il fare il garzoncello gentilezza all'amatore suo. Imperocché solo quando convengano insieme amatore e giovinetto, avendo ciascuno sua legge, l'uno cioè ch'egli è bene servire in qualsivoglia maniera il cortese giovinetto, l'altro che è bene largheggiare dell'opera sua con chi fallo buono e savio; e l'uno ha davvero possanza d'aiutare perché s'arrivi la virtú, e l'altro d'essere aiutato ha desiderio; sì, solamente in questo caso, quando le due leggi, quella sopra l'amore e quella su la virtú, vengano in concordia, egli è bello che il giovanetto faccia cortesia all'amator suo; se no, no. E solo in quel caso non è vergogna essere ingannato; in tutti gli altri, ingannato o no, sempre è vergogna. In vero, se alcuno, immaginando ricco il suo amatore, gli è grazioso per amore della ricchezza; poi, se egli avviene che rimanga sciocco, scoprendosi che quello è povero, non è meno la vergogna: imperciocché uno tale dà a vedere che egli, per sete di quattrini, inchinerebbe a qualsiasi servigio l'anima sua; e questo non è bello.

Per la medesima ragione se poi alcuno è gentile inverso d'un altro, credendolo persona dabbene, facendo conto di avere per cagion dell'amicizia sua a diventare migliore, contuttoché egli sia ingannato, scoprendosi che quello è un birbo che non ha manco l'ombra della virtú, egli è nondimeno un inganno bello: per ciò che un tale mostra molto chiaramente che per disbramare la sua sete della virtú si sarebbe acconciato a dare tutto a tutti; e questa è la piú bella cosa del mondo. Dunque, egli è sempre bello a contemplazione della virtú usar gentilezza. E questo è l'Amore della Venere Celeste, anch'esso celeste, molto da pregiare dalle città e dalle persone private, siccome quello che accende e l'amatore e l'amato a pigliarsi, ciascun per conto suo, cura della virtú. Gli altri amorazzi? son della Venere volgare. Eccoti, Fedro mio, quel ch'io ho potuto mettere insieme sopra Amore, cosí lí per lí, alla sprovista.

Pausania fatta pausa (questi giochetti d'appareggiar le parole me l'insegnano i savii), contò Aristodemo che la volta di parlare toccava ad Aristofane. Ma ecco, vennegli un singhiozzo, vuoi per la ripienezza, vuoi per altra cagione, e non potea parlare. Si volge egli al medico Erissimaco, il quale stavagli sdraiato d'appresso, e a lui cosí dice: - O Erissimaco, o tu mi levi il singhiozzo, o parla tu per me, insino a tanto che mi passi.

Ed Erissimaco cosí rispose: - Io farò tutt'e due le cose, parlerò per te, e tu poi, quando sarai bello e libero, parlerai per me. E intanto ch'io parlo, tieni per un poco il fiato, che il singhiozzo, se vuole, se ne va via; e, se non vuole, gorgoglia dell'acqua. Se poi è ostinato, piglia su qualche cosa, e solletica il naso e starnutisci; ché se farai questo una o due volte, per ostinato ch'e' sia, avrà a finirla.

- Intanto parla tu, e io farò questi rimedii -; cosí disse Aristofane.

XII.

Discorso di Erissimaco.

Cosí cominciò Erissimaco:

Mi par necessario, da poi che Pausania, entrato nel suo discorso per bel modo, non lo finí come doveva, che mi provi di finirlo io. Che ci ha due Amori, e' l'ha fatta per bene questa distinzione, par a me. Ma che l'Amore s'accende non pure nelle anime degli uomini per i belli, ma anco in altre per molte altre cose, cioè che s'accende ne' corpi di tutti gli animali, e nelle piante figliate dalla terra e, per farla corta, in tutti gli enti; questo mi par d'averlo rilevato io dalla medicina, che è l'arte mia: cioè che veramente Amore è grande Iddio e maraviglioso, e per tutto spande la sua possanza, nelle umane cose e nelle divine.

Io dunque prendo principio dalla medicina, anche perché si faccia un poco d'onore alla mia arte, e dico che la natura de' corpi ricetta le due specie d'Amore. In fatti, la parte sana del corpo e quella ammalata si è d'accordo che son dissimili fra loro e diverse, e dissimili essendo, desiderano e amano cose dissimili; dunque altro è l'amore nella parte sana, e altro in quella ammalata. Or se è bello, come disse Pausania, far grazia alle persone dabbene, e farla ai lascivi è brutto; simigliantemente per rispetto ai corpi, alle parti buone e sane del corpo è bello far grazia, e convien farla (e questa è faccenda della medicina), alle parti poi magagnate e guaste è brutto far grazia, e non s'ha da fare, se si vuole essere medico davvero. Perché, insomma, la medicina è la scienza degli amori dei corpi, amori di riempirsi e di votarsi; e colui che scerne in questi amori il bello dal brutto, è medico co' fiocchi. Colui poi che li sa mutare, in guisa che in cambio d'un Amore venga su l'altro; e dove non è ancor nato Amore ed è convenevole che vi nasca, e' ve lo sappia piantare; e quell'Amore che c'è e non ci ha a essere, sappia svellere; costui è un artefice bravo: che nientemeno bisogna saper fare in modo, che si voglian bene fra loro e s'amino le cose inimicissime che si ritrovano dentro il corpo.

Sono inimicissime le moltissime cose fra loro contrarie: freddo e caldo, amaro e dolce, secco e umido, e tutte le altre simiglianti; e il nostro primo parente Esculapio, che seppe metterci dentro a tutte l'amore e la concordia, come dicon questi poeti, e io ne sono persuaso, pose il fondamento alla nostra arte. Onde la medicina, come io dico, è tutta governata da questo Dio Amore: e simigliantemente la ginnastica e l'agricoltura.

Quanto alla musica poi, manifesto è a chiunque ha fiore d'intelletto ch'ella non altrimenti si contiene che le arti mentovate: forse vuole dire cosí Eraclito, sebbene non parli chiaro; imperocché dice, che l'uno da sé dissentendo, seco medesimo s'accorda come l'armonia dell'arco e della lira. È strano dire che l'armonia dissenta da sé, ovvero che nasca di cose dissenzienti; ma forse egli voleva dire che l'armonia nasce di cose dissenzienti prima, l'acuto e il grave, e accordate dipoi per l'arte della musica. Perciocché e' non potrebbe mai essere che nascesse armonia di cose che tuttavia dissentono fra loro, d'acuto e di grave; perché l'armonia è concento, il concento è accordo, e l'accordo non può nascere di cose dissenzienti insino a tanto che dissentano, e cose dissenzienti e non ancora accordate è impossibile che si riducano mai ad armonia. Ecco, per esempio, il ritmo nasce dal veloce e dal lento che dissentono prima, e poi s'accordano. E come nelle cose dette di sopra la medicina pone l'accordo; cosí la musica lo pone in tutte quest'altre, generandovi dentro consentimento d'amore. Onde la musica è scienza degli amori d'armonia e di ritmo. E il conoscere questi amori nella stessa composizione di armonia e di ritmo non è malagevole, per la ragione che gli amori che c'è ivi sono di una specie sola; ma quando poi s'ha a fare ritmi e armonie avanti agli altri, sia componendo, il che si chiama arte di comporre canti, sia giovandosi per bene de' canti e misure ritrovate da altri, il che si chiama dottrina, oh! allora l'è un'altra faccenda; ci vuole un artista di bravura, ci vuole.

E ritorna qua nuovamente il discorso che fatto è innanzi, cioè che s'ha a far grazia agli uomini temperati, o, se tali non sono ancora, s'ha a farla perché tali divengano un poco, e che s'ha a conservare l'amor loro; e che questo è l'amor bello, celeste, figliuolo della celeste Musa, e che l'altro è volgare, figliuolo di Polinnia, a usare del quale si deve essere riguardosi, acciocché se ne colga il piacere, non trasmodando: cosí come s'ha ad essere riguardosi molto nell'arte nostra a bene usare dei desiderii ai quali l'arte del cuoco soddisfa, acciocché si colga il piacere senza poi cadere in infermità. Dunque similmente in musica e in medicina e in tutte l'altre cose, e umane e divine, per quanto si può, s'ha ad aver bene l'occhio a questi due amori, da poi che dovunque ci s'annidano tutt'e due.

XIII.

E anco la composizione delle stagioni dell'anno è piena di questi due amori: e quando le cose che ho mentovate ora, cioè il caldo e il freddo, il secco e l'umido, s'abbattano ad avere in fra loro l'amore gentile, e piglino certa armonia e temperazione giusta, arrecano ubertà e sanità agli uomini e agli altri animali e alle piante, e non fanno male alcuno; quando ha il sopravvento nelle stagioni l'amore villano, egli guasta e offende molte cose, imperocché arreca pestilenze e molti altri morbi agli animali e alle piante. In vero, le brinate e le gragnuole e le rubigini procedono dal soperchio lussureggiare di questi amori: la scienza dei quali amori, in quanto riguarda ai rivolgimenti degli astri e alle stagioni dell'anno, chiamasi Astronomia.

E, oltre a questo, tutti i sacrifizii e l'altre cerimonie pie alle quali sta sopra la divinatoria, le quali cose fanno la comunione ch'è fra gl'Iddii e gli uomini, non d'altro si curano che di serbare sano l'amore; imperocché ogni empietà nasce quando non si fa grazia all'Amore onesto, quando non si onora lui e venera in ogni operazione, ma sibbene l'altro, vuoi in riguardo ai parenti, vivi o morti che siano, vuoi in riguardo agli Iddii. Ora in siffatte cose appunto la divinatoria è deputata a spiare gli amori e a sanarli. Ed ella fa le amicizie degl'Iddii e degli uomini; perciocché ella conosce gli amori umani quali intendano alla giustizia e quali all'empietà. Vedete dunque quanto molta e grande, anzi, dico meglio, quanto perfetta e universale possanza ha ogni amore. Vero è che quell'amore che s'adopera al bene con sapienza e giustizia, sí presso noi, sí presso gli Iddii, ha la possanza maggiore; e procura a noi beatitudine, facendoci accostevoli gli uni agli altri, e amici ancora a quelli che ci stanno sopra, agl'Iddii.

Forse anch'io, lodando l'Amore, ho tralasciate cose assai; ma non apposta. Via, se cosa alcuna tralasciai, spetta a te, o Aristofane, di riempire il difetto. E se mai tu hai in mente di encomiare per altra guisa questo Dio, encomialo, da poi che anche ti si è quietato il singhiozzo.

E Aristodemo contò che Aristofane rispose e disse: - S'è quetato, è vero, ma non prima d'avergli buttato un bello starnuto; tanto che mi fa specie che per il benessere del corpo ci sia mestieri di tali scoppietti e solleticamenti come lo starnuto: perché starnutire e non singhiozzare piú fu tutt'uno.

Ed Erissimaco a lui: - O mio buon Aristofane, bada che fai; tu buffoneggi proprio ora che tu hai a parlare tu, sí che mi costringi a stare in orecchi se mai anche a te escano di bocca cose burlevoli; laddove tu potevi parlare in santa pace.

E Aristofane cosí gli rispose, ridendo: - Tu di' bene, o Erissimaco; sia non detto quello che dissi: ma non mi abbadare, ch'io ho paura, non già mi abbiano a uscir di bocca cose burlevoli (ch'io ne sarei molto contento, ché ella è una usanza della mia Musa), ma sibbene cose da esser burlate.

- Bella! mi tiri il colpo e poi vuoi scappar via. Bada pure a te, e parla come se me n'avessi a rendere conto: ma va', se mi pare, te la lascerò passar liscia.

XIV.

Discorso di Aristofane.

E cominciò cosí Aristofane:

Certo, o Erissimaco, io ho in mente di parlare in modo diverso di come avete fatto tu e Pausania. Perché a me pare che gli uomini non la sentano la possanza dell'Amore; ché se davvero la sentissero, gli fabbricherebbero grandissimi templi e altari, e gli farebbero sacrifici grandissimi: cosa che ora non si fa e si dovrebbe fare, conciossiaché egli sia di tutti gli Iddii il piú benigno inverso gli uomini, essendo guardiano loro e medico; e, quando e' fossero sanati da lui, conseguirebbero la maggior beatitudine che mai fu al mondo. Io dunque mi proverò di contarvi la sua possanza; e voi, facendola da maestri, la conterete poi agli altri.

Primieramente conviene che voi conosciate la natura umana, e i mutamenti ch'ella ha patito. Una volta la natura nostra non era qual'è ora, ma tutt'altra; imperocché prima eran tre i generi degli uomini, non già due come ora, maschio e femmina. E' ce n'era anche un terzo, fatto di tutti e due insieme misti, il quale oggimai è spento, e ne rimane solo il nome. In vero, quest'altro genere era uomodonna; e la figura sua, come il nome, aveva e del maschio e della femmina: ora, come detto è, il nome solo rimane e ad infamia. E tutta la figura dell'uomo era arritondata, avendo ella torno torno il dorso ed il costolame; e aveva quattro mani e gambe, e sopra il tondo collo due facce, simiglianti in tutto. E fra le due facce, rivoltate di contro l'una all'altra, aveva un solo capo, e orecchie quattro, e vergogne due: e da ciò ch'io dico, il resto ve lo potete figurare. Camminava ritto come ora per quel verso che aveva voglia; ma quando si cacciava a correre, non altrimenti che quei tali che facendo del corpo ruota e buttando attorno ritte le gambe si rigirano in cerchio, cosí si rigirava in cerchio pur esso; ma molto ratto, da poi che si appoggiava sovra a otto membra. Pertanto erano tre i generi, e cosí fatti; perciò che il maschio trasse nascimento dal sole, e la femmina dalla terra, e quello che della femmina aveva e del maschio, dalla luna, siccome quella che ha della terra e del sole. E però tutti e tre i generi avevano figura tonda e il camminare a modo di ruota, imperocché essi somigliavano ai loro parenti; e per la forza e la gagliardia erano terribili, e avevano grandi idee.

Or bene, saltò loro in capo di pigliarsela nientemeno che con gl'Iddii: e quello che Omero narra di Efialte e di Oto, narrasi di loro, cioè ch'ei tentarono di montare su in cielo per porre le mani addosso agli Iddii.

XV.

Il Giove e gli altri Iddii ebbero consiglio sopra quello che s'avea a fare, e avevan la testa abbaruffata: ché, d'una via non potevano, fulminandoli come i giganti, ammazzarli, e spegnere la loro razza (perché, una volta spenta, addio onori e sacrificii); d'altra via non potevano lasciarli baldanzeggiare. Cerca, cerca, - Pare a me l'ho trovato un modo, - cosí disse Giove, - per far ch'eglino, senza cessar d'esser uomini, pure, per sentirsi un po' men di gagliardia in corpo, pongano giú la baldanza. Perché io or ora fenderò ciascuno di loro per lo mezzo, sí che essi ne saranno sgagliarditi, e insieme, moltiplicando in numero, a noi altri renderanno di piú, e cammineranno su due gambe: e se ancora e' mi faranno gli spavaldi, se non la finiscono, un'altra volta dimezzerolli, in maniera che cammineranno su una gamba sola, saltacchiando come si fa al giuoco degli otri.

Cotali cose dette, preso ciascun uomo lo sparò come fan quelli che taglian per lo mezzo frutta per acconciarle, o come quelli che con un crine taglian le uova per lo mezzo. Qualunque egli tagliasse, commise ad Apollo di risvoltargli la faccia e lo smezzato collo dalla parte del taglio, acciocché l'uomo, in quello riguardando, si sbaldanzisse: e commisegli di richiuder la piaga. E Apollo istravoltò la faccia, e tirando d'ogni parte la pelle verso alla pancia, che cosí ora ella ha nome, come un che restrigne una borsa, aggroppolla in sul mezzo di essa pancia, sí che i margini, raccolti insieme, fecero una boccuccia la quale s'addimanda umbilico; e le molte crespe spianò e lisciò, e raddrizzò i petti, avendo in mano un cotale istrumento quale usano i calzolai per istirare sulla forma le pieghe del cuoio; ma non sí che non ne lasciasse alcune per la pancia e attorno all'umbilico, per ricordanza dell'antico castigo. Poi che fummo noi tagliati per lo mezzo, ciascuna metà desiderando la sua compagna, elle si congiungevano, e, gittandosi attorno le braccia e forte avviticchiandosi tra loro per la voglia d'appiccicarsi, si morivano dalla fame e dall'ozio per non voler nulla fare l'una senza dell'altra. E quando una delle metà moriva e l'altra rimaneva, la rimasta cercavane un'altra, e se le abbarbicava, vuoi ch'ella s'abbattesse a una metà d'intera donna, ciò che si chiama ora una donna, vuoi che alla metà d'un intero uomo; e per tal modo si consumavano.

Impietosito Giove, ritrovò un nuovo argomento: trasferisce le loro vergogne dalla parte davanti; imperocché insino allora le avevano avute di fuori, generando, non già fra loro, ma in terra, come le cicale. Trasferí dunque le lor vergogne dalla parte davanti, e ordinò che la faccenda della generazione se la spicciassero fra loro, il maschio fecondando la femmina; per questa ragione, acciocché se mai un uomo s'avviticchiasse a una donna, e' dovessero procreare e per tal modo salvare la sementa umana; se poi un maschio ad un maschio, e' dovesse venir loro sazietà degli abbracciamenti, e dovessero smettere e rivolgere la mente al lavoro e alle faccende della vita. Tanto tempo è dunque che l'Amore ci s'è piantato in noi; l'Amore che ci rinfranca nell'antica nostra condizione; l'Amore che, facendo a piú potere di due uno, risana la natura dell'uomo.

Ciascuno di noi pertanto è un simbolo d'uomo, da poi che, da un che era, fu tagliato in due come le sogliole; e però ciascuno cerca sempre l'altra metà sua. E tutti quegli uomini che son taglio di quello che era allora uomodonna, sono donnaiuoli: e a questo genere appartengono la piú parte degli adulteri, e similmente le donne omaiuole e adultere. Le donne poi che son taglio di donna, agli uomini non ci abbadano tanto, ma stanno piuttosto coll'animo rivolto alle donne: appartengono a questo genere le donne donnaiuole. Quelli poi che son taglio di maschio, sono mascaiuoli; e in sino a tanto ch'e' son piccoli, appunto perché e' son taglio di maschio, son vaghi d'uomo, e a giacere e ad avviticchiarsi con uomini prendono diletto: questi son fanciulli e giovinetti i piú bravi del mondo, perciò che hanno maschia natura. C'è, è vero, di quelli che li chiamano sfacciati: e' mentono per la gola, perciocché costoro fanno quel che fanno, non per isfacciataggine, ma per ardire e fortezza e maschiezza, amando poi in fin de' conti il lor simile. Una prova ella è che solo cotali uomini, venendo a età perfetta, riescono nelle faccende del comune, poi che non li tira la voglia di nozze e figliuoli, e per conto loro sono assai contenti di fare insieme vita da scapoli. Son cosí fatti dunque l'amator di fanciulli, e il fanciullo che ama l'amatore suo, come quelli che solo del loro simile son vaghi. E quando l'amator di fanciulli, o chicchessia, e la metà sua, s'abbattono insieme, subitamente nasce in cuor loro meravigliosa benevolenza, dimestichezza, amore; tanto che, per dirla, non voglion piú discostarsi manco un momento d'ora. E quelli che perseverano tutta la vita stando insieme sono appunto costoro, i quali neanco sanno essi quello che si vogliono: ché non pare sia l'amoroso piacere quello che li fa stare insieme con tanto affetto; anzi è chiaro che la loro anima è desiosa di qualcosa altra che non sa dire, ma pure indovina e significa ombratamente. Imperocché, se in quello che si giacciono insieme, Vulcano si facesse innanzi co' suoi ferramenti e loro dimandasse: - O uomini, che è che volete voi l'un dall'altro? - E, se stando essi dubbiosi, dimandasse loro di nuovo: - Forse desiderate diventare una cosa medesima, tal che mai vi abbiate a spiccare né di notte né di giorno? Se questo desiderate, io vo' struggervi, fondervi in maniera che diveniate da due uno, e, siccome uno, ve ne stiate insin che c'è vita, in comunella; e tosto che sarete morti, poiché morti insieme, in cambio di due siate uno anche laggiú in inferno. Badate, se è questo quello che desiderate voi, e se, dopo conseguitolo, sarete contenti -. Cotali cose udendo, si sa, niuno direbbe di no, né farebbe segno di volere altro; anzi e' crederebbe d'avere veramente udito profferirsi quello che desiderava da tanto tempo, cioè d'esser liquefatto e mescolato col diletto suo, acciocché da due divengano uno. E la cagione è che noi eravamo cosí anticamente, interi: e il desiderio e lo struggimento di tornare interi, chiamasi Amore.

E, come dico, una volta eravamo uno; ora per l'iniquità nostra, Dio ci ha sparti, come i Lacedemoni gli Arcadi; e ci è da aver paura che, se non si è umili con gli Iddii, essi non ci spacchino nuovamente; e, poveri noi, c'è da andare attorno sfiguriti come quelle facciacce scolpite ne' cippi, che hanno il naso fesso simiglianti a tessere ospitali spezzate. Per queste ragioni, ciascuno ha a confortar gli altri a essere pio inverso gli Dei, acciocché noi si scampi da questo male, e si raggiunga il bene, al quale Amore ci mena e guida. E però, all'Amore niuno sia ardito fare oltraggio; chi glielo fa, egli è in odio agl'Iddii. Per contrario, se noi siamo suoi amici, e con lui pigliamo dimestichezza, ritroveremo e riabbracceremo i nostri proprii giovinettini, ventura che oggidí tocca a pochi. Ed Erissimaco qua non canzoni queste parole mie, come se io avessi l'occhio a Pausania e Agatone. Forse anch'eglino sono dei bene avventurati e ambedue maschieggiano, ma io intendo di tutti, uomini e donne: voglio dire che la nostra specie sarebbe felice se ciascuno riuscisse nel suo amore e ricuperasse il diletto suo, ritornando cosí nella condizione antica. E, se questo è il maggior bene, ne seguita che fra i beni che si può avere oggidí, quello che piú se gli accosta è piú grande, cioè che ciascuno ritrovi giovinettini alla natura sua conformati. E se inneggiare vogliamo al Dio che ci può far avere cosí lieta ventura, inneggiamo all'Amore: il quale presentemente ci giova assai assai, rimenandoci a quello ch'è sangue nostro; e per lo avvenire ci dà grandissime speranze che, se noi saremo pii verso gli Dei, egli, rinfrancata e sanata l'antica nostra natura, ci farà felici e beati.

E poi disse: - Questo è, o Erissimaco, il discorso mio, diverso dal tuo. Ora, te n'ho già pregato, non istare a canzonarmelo, ché vogliamo sentire quello che diranno gli altri, o, meglio, i due; perché non rimane che Agatone e Socrate.

XVII.

Discorso d'Agatone.

Ed Erissimaco disse:

- Ti ubbidisco, ché, in fin dei conti, il tuo discorso è piaciuto anco a me: e se non conoscessi Socrate e Agatone molto valenti in amore, starei in paura ch'ei piú non avessero che dire, essendosi dette tante e sí svariate cose; ma li conosco bene io, e mi rincoro.

E Socrate a lui: - Erissimaco, tu hai bene combattuto; ma se tu stessi ne' panni in che sto, o meglio, in quelli in che mi toccherà a stare, quando avrà parlato anche Agatone, avresti paura come l'ho io adesso.

- Non m'incanti, o Socrate, - disse Agatone: - che? mi vuoi far sbigottire all'idea che gli uditori s'aspettano da me un discorso coi fiocchi?

E Socrate rispose: - Oh sarei smemorato io che t'ho veduto baldo e animoso montare sul proscenio con i comedianti, e, piantando quel par d'occhi in faccia alla fitta folla degli spettatori, metterti a recitare le cose tue senza neppur l'ombra dello sgomento, se credessi ora che tu, giusto per noi pochi, ti voglia sbigottire.

- Oh, bella, Socrate; credi tu, - disse Agatone, - ch'io vada matto per la folla, da non capire che, a uno savio, i pochi e intendenti fanno piú paura dei molti e sciocchi?

E Socrate ripigliò: - Certo, Agatone mio, non starebbe bene se io pensassi di te alcuna villana cosa: e io so che se tu ti abbattessi in persone che tu credessi sapienti, ti metteresti piú in pensiero per loro che per la folla: ma, veh, noi non siamo di quelle; ché ieri c'eravamo anche noi e si stava lí nella folla. Ma io penso e dico: se tu ti abbattessi, non in gente come noi, ma in persone sapienti davvero, quando ti vergogneresti tu di loro? quando per disgrazia credessi di fare una figuraccia brutta. Che ne pare a te?

- Tu di' il vero, - rispose.

- E non ti vergogneresti altresí della folla, quando tu credessi di fare una figuraccia brutta?

- Povero te, caro il mio Agatone, - scappò a dire Fedro, - se tu dài retta a Socrate; ché a lui, se noi s'esce di carreggiata, non gli fa nulla, pur che abbia alcuno col quale fare un pezzo di dialogo; tanto piú se egli è bello. Per me ci ho gusto a sentir disputare Socrate; ma ora mi sta sul cuore l'elogio del mio Dio, e voglio da voi due riscuotere i discorsi che mi avete promessi. Paghi, su via, paghi prima ciascuno il debito che ha con l'Amore, e poi disputi, a piacer suo.

E Agatone: - Tu di' bene, o Fedro; e non c'è niente che mi tenga dal fare il mio discorso. Con Socrate poi e' ce ne sarà tempo da disputare e cavarsi la voglia.

XVIII.

Io prima vo' dire come io ho a dire, e poi dirò. Quelli che hanno parlato innanzi, non mi pare che abbiano encomiato il Dio, ma sibbene predicato la felicità degli uomini per i beni ch'egli loro procaccia. Ma chi sia colui che dona questi beni, niuno l'ha detto. Or la maniera convenevole di lodare chicchessia è una, cioè prima porre in chiaro chi è quello che si vuol lodare, e poi quali sono i beni che egli ci arreca. E cosí noi si ha a lodare l'Amore: lui, quale egli è; i suoi doni, poi. Adunque io dico che, di tutti i beati Iddii, Amore, se lecito è cosí dire, se non è colpa, è beatissimo; da poi ch'egli è bellissimo e bonissimo. È bellissimo; imperciocché, la prima cosa egli è, o Fedro, il Dio piú giovinetto. E una gran prova ce la porge egli medesimo, da poi che a furia fugge dalla vecchiezza, la quale si sa che è molto veloce: certo ch'ella ci casca addosso piú ratto di quel che bisogna. E Amore per natura sua l'odia e non la vuol vedere manco da lungi. Egli, giovane, se la fa co' giovani: dice bene quell'antico proverbio: Il simile tira al simile. Io sono d'accordo con te, o Fedro, in molte cose, ma in questa no, che Amore è piú vecchio di Crono e di Giapeto. Io dico ch'egli è il piú giovane degli Iddii; giovane sempre. Quei brutti scompigli d'una volta fra gli Iddii, che narrano Esiodo e Parmenide, se dicon vero, furon cagionati da Necessità e non da Amore; ché se Amore c'era, non ci sarebbero mai stati tagliamenti e ceppi e simili altre soperchierie, ma sibbene amicizia e pace, come al presente, dacché Amore regna sopra gl'Iddii. Dunque, egli è giovine. Oltre a esser giovine, è tenerello; e c'è bisogno d'un poeta quale Omero per mettere innanzi agli occhi la tenerezza di questo Dio. Ecco, Omero dice che Ate è Dea, ed è tenera, se non altro teneri i piedi; perché egli dice di lei: «Ha piedi teneri, imperciocché terra non ne tocca, e cammina su le teste degli uomini». E pare a me ch'egli con bella prova faccia chiara la tenerezza di lei, perciò ch'ella non cammina sopra il duro, ma sopra il morbido. Della medesima prova ci gioveremo noi per conto dell'Amore, per mostrare ch'egli è tenerello; imperocché non cammina sulla terra, né su i cocuzzoli delle teste, che non son poi tanto morbide, ma sí per entro alla piú morbida cosa che sia al mondo si move egli e soggiorna; imperciocché pone sua stanza nelle anime e ne' cuori degli Iddii e degli uomini; e neppur in tutti a occhi e croce, perché s'egli s'abbatte in anime dure, scappa via; se morbide, ci rimane. E però, se tocca co' piedi e l'altre sue membra le piú morbide cose, fin quelle morbidissime, egli deve essere molto tenerello. Adunque egli è giovanissimo e tenerissimo: e, oltre a ciò, la forma sua è flessuosa e molle; ché non si potrebbe egli piegare per ogni verso, né di soppiatto insinuare in ogni anima, e uscirne, se fosse duro. Una gran prova della proporzione e mollezza del corpo suo, è la formosità perfetta ch'egli ha, per consentimento universale; e, veramente, fra bruttezza e Amore sempre ci è guerra. Il posarsi ch'egli fa su i fiori è segno del fresco suo colorito: perché Amore mai non si posa sovra quello che non è fiorito ovvero ch'è sfiorito, sia anima o corpo o che altro si voglia; ma sibbene dov'è luogo fiorito e odoroso, là si posa e rimane.

XIX.

E della bellezza d'Amore basta quel che ho detto, e ci sarebbe anche da dire! Ora tocco la sua virtú. Quel che rileva piú, è che Amore ingiurie non ne fa e non ne riceve, né a Dio né da Dio, né a uomo né da uomo. Che se patisce mai, non è per violenza che gli si faccia (violenza non assale Amore): e neppure fa per violenza quello che fa, perciocché ad Amore tutti prestano di buona voglia qualsiasi servigio; e quando uno dà di volontà sua, l'altro di volontà sua piglia, dicon le leggi le quali son regine delle città, ch'elle son cose giuste.

Oltre alla giustizia, egli è d'una gran temperanza. In vero, si è tutti d'accordo che temperanza è il vincere piaceri e desiderii; e che niun piacere è piú forte d'Amore. Ora, s'ei son da meno, son vinti da Amore, Amore li vince; e, vincendo Amore piaceri e desiderii, la temperanza sua è singolare.

Per fortezza poi neppure Marte in persona gli sta a petto; perché non è Marte che tiene Amore avvinchiato, ma Amore Marte, l'amor di Venere, come si dice. Ora, chi avvinchia è piú forte di chi è avvinchiato, e chi si mette sotto il piú forte degli altri, è il piú forte di tutti. Della giustizia e temperanza e fortezza del Dio si è già detto; rimane ora a dire della sapienza. Quanto si può s'ha a vedere di non tralasciar cosa veruna. E primieramente, perché onori anch'io la mia arte, come Erissimaco fece la sua, dico che questo Dio è un cosí bravo poeta, ch'egli fa poeti anco gli altri. Per certo, ognuno, immantinente che tocco è da Amore, diviene poeta, avvegnaché prima egli non avesse mai avuto che fare con le Muse. Della qual prova convien che ci gioviamo altresí noi per mostrare che Amore è, insomma, in tutte le arti delle Muse un artista ben bravo; perché quello che non si ha e non si sa, non si potrebbe altrui dare o insegnare. E veramente, se si bada alla formazione di tutti gli animali, chi negherà ch'egli è per la sapienza d'Amore che tutti gli animali si generano e nascono? E, quanto alle altre arti, si sa che colui al quale questo Dio è maestro, riesce famoso e chiaro; e colui il quale egli non allumina, è scuro. Apollo, desiderio e Amore essendogli guida, ritrovò l'arte sagittaria e la medicina e la divinatoria; e però è uno scolaro d'Amore anco lui. E simigliantemente le Muse ritrovaron la Musica, e Vulcano l'arte del fabbro, e Minerva quella della tessitora, e Giove quella di governare Iddii e uomini. Ond'è che altresí le faccende degl'Iddii si avviaron per bene, sí tosto come fu nato Amore ne' loro petti; si sa, Amore di bellezza, ché amore di bruttezza non ce n'è. Ma per lo passato, come dissi a principio, regnando la Necessità, molti spaventevoli casi avvennero agli Iddii, come si narra. Ma poiché fu nato questo Dio, presi gli animi da vaghezza delle cose belle, ogni maniera di beni piovve sopra Iddii e sopra uomini. Ond'è, o Fedro, che a me pare che Amore è bellissimo e bonissimo per conto suo prima, e poi perch'egli di beni e di bellezza fa dono anche agli altri .. Ma, mi vien di recitare de' versi, ch'egli è che mette «pace fra gli uomini, rasserena il mare, quieta i venti, e nei travagli sonno arreca e riposo». Egli ci dispoglia dalla salvatichezza e ci riveste di gentilezza; ci accomuna e allaccia fra noi in ogni maniera, e nelle feste, nelle danze e nei sacrifizi egli è duce; vuol dolcezza, la ruvidezza caccia via; inspira benignità sempre, malignità mai; propizio ai buoni, ammirabile ai savii, venerando agli Iddii, invidiabile a chi nol possiede, e da chi il possiede, degno d'essere guardato con cura. Di delicatezze, tenerezze, soavi diletti, grazie, dolci desii, focose voglie egli è padre; i buoni gli stanno a cuore, non si cura de' cattivi; ne' travagli, nelle paure, nelle irrequietezze dei desiderii, nelle angustie del parlare egli è guida, aiuto, sostenitore, salvatore bonissimo; ornamento di tutti, Iddii e uomini; duce bellissimo e bonissimo, dietro al quale conviene che ognun vada per bel modo inneggiando e accordandosi al bel canto che fa egli, e col quale gioconda il cuore a tutti gl'Iddii e uomini.

E poi disse: - Questo mio discorso, o Fedro, fatto, come potevo, di cose parte giocose e parte un po' gravi, io vo' che sia consacrato ad Amore.

XX.

Discorso di Socrate.

Non aveva Agatone chiusa ancora la bocca, e fu un gran chioccare di mani, contò Aristodemo; tutti a dire: - Eh questo giovine come ha favellato in maniera degna di lui e del Dio!

E Socrate, piantando gli occhi in faccia a Erissimaco, disse: - Eh ti pare piú, o figliuolo d'Acumeno, sciocca la mia paura? non fui indovino quando io dissi che Agatone avrebbe favellato maravigliosamente, e che io mi sarei trovato impicciato?

Ed Erissimaco rispose: - Sí, in una cosa sei stato indovino davvero, cioè che Agatone ci avrebbe fatto un bel discorso; nell'altra, cioè che tu ti saresti trovato impicciato, no, non credo io.

- E come, benedetto che tu sii, - ripigliò Socrate, - non m'ho a trovar impicciato e io e qualunque altro che avesse a parlare dopo un discorso tanto bello, tanto svariato? E se pure non fu maraviglioso tutto a un modo, verso alla fine chi non sarebbe rimasto a bocca aperta a sentire quella sfilata di parole belle e di frasi? E io fra me e me pensando, che non sarei buono di dire nulla di cosí leggiadro, neppur per idea, mancò poco che me ne scappassi via per la vergogna, se avea dove andare; perché m'ha fatto venire a mente Gorgia, tanto che mi parve il caso mio tale quale quello che narra Omero: mi parve, con mia grande paura, che Agatone alla fine del suo discorso la testa di quel terribile oratore di Gorgia contro di me avventasse, e io rimanessi senza fiato e di pietra. E capii ch'io fui uno sciocco acconsentendo d'encomiare anch'io alla mia volta Amore, dicendo che io nelle cose d'Amore era ben bravo ; laddoveché non sapevo niente del modo come s'ha a lodare né Amore né un soggetto qualsiasi. Io mi figuravo per la mia grullaggine che bisognava dire il vero sul conto del lodato, che la verità avesse a essere il fondamento alla lode, e che, scegliendo fra le cose vere le piú belle, s'avessero a comporre insieme col miglior garbo. E già me ne gloriavo all'idea ch'io avrei parlato a modo, conoscendo la maniera vera del lodare. Ma la maniera bella, come pare, non è la vera: la maniera bella è d'appoggiare al soggetto che s'ha a lodare i piú spampanati e vistosi pregi del mondo, siano o no veri; se falsi, è un affar di nulla, perché s'è già fatto l'accordo che ciascuno di noi si dia aria di lodare Amore pur che sia, non già che lo lodi davvero. E però cred'io che voi, toccando tutte le corde dell'eloquenza, buttate lodi e poi lodi all'Amore, e ricantate che tale egli è e che di cotanti beni è cagione, da farlo parere bellissimo e bonissimo: si sa, a chi non lo conosce; a chi lo conosce, no di certo. E il panegirico è bello e fiorito. Ma io non me ne intendevo di questa maniera di far le lodi, e perciò consentii di lodare anche io quando venia la mia volta; ma, la lingua promise e non il core. Adunque addio lodi, ch'io non vo' lodare a questo modo, e non posso. Ma se pur volete, io voglio dir cose vere, alla maniera mia, e non vo' scimmieggiare voi altri, acciocché non mi diate in uno scoppio di risa. Veditela tu, o Fedro, se un discorso di questa fatta ti fa o no al caso, e se ti piace udire il vero sul conto d'Amore con parole e frasi quali mi vengono via via di bocca.

E Fedro e gli altri incorarlo a dir pure in quella maniera che a lui meglio piacesse.

- E mi lasci, - ripigliò Socrate, - mi lasci, o Fedro, fare piccole interrogazioni ad Agatone, acciocché, accordatomi con lui sul principio, fili poi diritto?

- Ti lascio, - rispose Fedro: - interroga pure.

Ciò detto, contò Aristodemo che Socrate cosí cominciò a un di presso:

XXI.

Dialogo di Socrate con Agatone.

- Agatone mio caro, tu, pare a me, hai ordinato bene assai il tuo discorso, dicendo che la prima cosa bisogna mostrare Amore chi è, e poi le opere sue. Il cominciare a questo modo mi va. Su dunque, da poi che le altre cose, quanto alla natura d'Amore, le hai dette leggiadramente e splendidamente, dimmi anche questa: Amore è amore di qualche cosa o di nulla? Non dimando già s'egli è amore d'alcuna madre o padre; simile dimanda farebbe ridere. Ma va', pigliamo questa parola stessa di padre: se ti dimando, il padre è padre d'alcuno, o no? risponderai, volendo rispondere a modo, che il padre è padre d'un figliuolo o d'una figliuola, o no?

- Di sicuro --; cosí rispose Agatone.

- La madre lo stesso?

- Lo stesso.

- Rispondimi ancora un poco, - disse Socrate, - perché ti faccia intendere meglio quello che io voglio: Se dimandassi, che è un fratello in quanto ch'è fratello? diresti ch'è egli fratello d'alcuno, o no?

- D'alcuno, - rispose.

- D'un fratello o d'una sorella: è vero?

- Vero.

- Ora vengo all'Amore: l'Amore è amore di nulla o di qualche cosa?

- Di qualche cosa.

E Socrate: - Ora hai a tenere bene a mente, qual'è questa cosa. Va', dimmi: l'Amore desidera o no quella tale cosa della quale egli è amore?

E l'altro: - Sí.

- E quel che egli desidera e ama, l'ama e desidera perciò che lo possiede? o perciò che nol possiede?

- È probabile, - rispose, - che perciò che non lo possiede.

E Socrate: - Bada s'egli è probabile o pur necessario che si desideri quello di che s'ha bisogno, e che quello di che non s'ha bisogno non si desideri? A me, Agatone mio, par ben necessario: e a te, come?

- Lo stesso, - rispose.

- Bravo, forse un ch'è grande ha voglia d'esser grande, o d'esser gagliardo uno che già è gagliardo? Impossibile, dopo quel che s'è convenuto;. ché non ha bisogno d'esser tale, chi è già.

- Dici vero.

- Si può opporre, - ripigliò Socrate, - che un gagliardo ha voglia d'esser gagliardo, e un ch'è veloce d'esser veloce, e un ch'è sano d'esser sano; e tenendo conto di questi e di tutti gli altri casi simiglianti, si può universalmente dire che chi è dotato d'alcun pregio, ne vuole esser dotato, e chi alcun pregio possiede, lo vuol possedere. Ma su questo punto, perché non ci lasciamo allucinare, io cosí dico (badaci, Agatone): chi ha questi pregi, in quel momento d'ora che li ha, non può non averli, o voglia o no; e, se li ha già, come può desiderarli? E quando mi viene alcuno a dire: «Io che son sano, voglio essere sano; io che son ricco, voglio esser ricco; e però, vedi, io desidero quello che ho»; io gli rispondo: Tu, o caro, che hai ricchezza e sanità e gagliardia, tu vuoi avere queste cose anche nel tempo a venire, perché in questo momento d'ora, o vuoi o no, le hai già; e però bada, quando tu dici: «Desidero le cose che io ho» che tu non dica altro in cuor tuo, se non che: «Voglio che le cose che io ho presentemente, le abbia anche in appresso». Ne converrà egli?

Agatone abbassò il capo.

- Dunque, - continuò Socrate, - se egli desidera che le cose che ha gli siano conservate in appresso, desidera ciò che ancora non ha.

- Hai ragione, - rispose l'altro.

- Adunque egli, e ogni altro, se desidera, desidera quel che non ha in pronto, quel che non è presente, quel che non ha, quel che non è, quello che gli è di bisogno.

- Benissimo.

- Va', - disse Socrate, .- d'accordo raccogliamo ciò che si è detto. Ecco, s'è detto prima che Amore è amore di qualche cosa della quale egli ha bisogno.

- Sí.

- E ti ricordi di che hai detto essere desiderio l'Amore, quando hai fatto il discorso? Se vuoi, te lo ricorderò io: credo che tu abbia, su per giú, detto cosí: «Le faccende degli Iddii s'aggiustarono per l'amore del bello»; perché non ce n'è amore del brutto: hai detto questo su per giú.

- Cosí, - rispose Agatone.

- E hai detto bene, - ripigliò Socrate; - e, se è cosí, che altro è l'Amore, se non amor di bellezza, non già di bruttezza?

L'altro acconsente.

- E non s'è convenuti, che si ama ciò di che s'ha bisogno, ciò che non si possiede?

- Sí, - disse.

- L'Amore, dunque, ha bisogno di bellezza? non ha bellezza?

- Scende per diritto filo, - rispose.

- E che? chi è bisognoso di bellezza, chi non ha bellezza per niuno modo, dirai tu ch'egli è bello?

- No, no.

- E se è cosí, tu affermerai piú che Amore è bello.

- Curiosa, non capisco piú quello che m'abbia detto!

- E hai detto bellamente, o Agatone; ma rispondimi ancora un poco. Ciò che è buono, non pare a te che abbia anche a essere bello?

- A me sí.

- Se dunque Amore è bisognoso del bello, e se il bello è buono, egli è anche bisognoso del buono.

- Io, Socrate, non posso contraddire a te: la vada pure come tu dici.

- Alla verità, o amato Agatone, tu non puoi contraddire; ma a Socrate? oh non è niente difficoltoso.

XXII.

Dialogo di Diotima con Socrate.

Ma ora lascio te in pace, e vo' raccontare a voi tutti il discorso sopra Amore che sentii da una donna, Diotima di Mantinea, ch'era valente in queste e molte altre cose: e una volta agli Ateniesi che facevano sacrificii per campare la peste, indugiò il morbo per anni dieci. Fu dessa che ammaestrò anche me in fatto d'Amore. Il discorso suo adunque, fondato su quei principii che s'è convenuto fra me e Agatone, mi proverò da me di raccontarvelo come potrò meglio. Conviene, o Agatone, come tu hai detto, prima chiarire chi è Amore e com'è fatto, poi le opere sue. E la cosa mi par facile, se tengo il modo che la mia ospite teneva con me, cioè facendo interrogazioni:

perché io presso a poco dissi a lei quelle medesime cose che Agatone a me, cioè che Amore è un gran Dio e che è Dio della bellezza; ed ella ribattette me con quelle ragioni medesime che io ribattei lui, dicendo che, pigliandomi in parola, egli né è bello né è buono.

E io a lei: - Che di' tu, o Diotima? brutto è adunque l'Amore e cattivo?

Ed ella: - Eh sta' zitto! credi che chi non è bello, abbia di necessità a essere brutto?

- Di sicuro.

- Chi non è sapiente, ignorante? O non t'avvedi che ci è un mezzo fra sapienza e ignoranza?

- Quale?

- L'opinione giusta non fondata su delle ragioni, non sai, - diss'ella, - che non è scienza? ché come può essere scienza, se ragioni non se ne adduce? e neppure è ignoranza; ché come può essere ignoranza, se coglie nel vero?

- Dici bene.

- Adunque non incalzar piú, deducendo a furia «ciò che non è bello è brutto; ciò che non è buono è cattivo». E simigliantemente l'Amore, da poi che anche tu mi concedi ch'egli non è né buono né bello, non dèi perciò credere ch'egli sia necessariamente brutto e cattivo; è, - disse, - una qual cosa di mezzo.

E io a lei: - Ma non convengon tutti che Amore è un gran Dio?

- Tutti gli sciocchi, vuoi dire, o quelli che hanno giudizio?

- Tutti.

Ed ella, ridendo: - Come può essere, o Socrate, che convengano ch'egli è un gran Dio, quelli che dicono ch'egli non è neanco Dio?

- Chi sono?

- Uno sei tu, - disse, - e una io.

Ed io: - Come di' tu questo?

Ed ella: - Si capisce; ma dimmi tu, sono tutti gl'Iddii beati e belli? o forse che ardirai dire, che degl'Iddii ce ne ha alcuno né bello né beato?

- No, io, per Giove.

- E non di' tu beati quei che possiedono le cose buone e belle?

- Di sicuro.

- Ma non m'hai conceduto che Amore desidera le cose buone e belle, perciò che ne ha bisogno?

- Te l'ho conceduto.

- Dunque, come può essere Dio un ch'è privato di ciò ch'è bello, di ciò che è buono?

- Per niuno modo, pare.

Ed ella disse: - Vedi ora che anche tu credi che Amore non è un Dio?

XXIII.

E io: - Che è dunque Amore? un mortale?

- Neanco per idea.

- Dunque che è?

- Ti ricanto la solita canzone: È qualcosa di mezzo, fra il mortale e l'immortale.

- Dunque che è, o Diotima?

- Un gran Demone, o Socrate: perché chi ha del Demone è fra Dio e l'uomo.

- E che potenza egli ha? - domando io.

- D'interpretare e arrecare agli Iddii le preghiere e i sacrificii degli uomini, e agli uomini i comandamenti degl'Iddii e i loro premii in ricambio dei sacrificii; d'essere, in somma, l'interprete e il messaggiero degli uni e degli altri. E, stando in mezzo, riempie il vano che è fra questi e quelli, e fa che l'universo sia bene con sé medesimo collegato. Per opera sua cammina tutta la divinatoria e l'arte sacerdotale in riguardo ai sacrificii e alle iniziazioni a alle incantagioni e a qualsiasi specie di divinazione o prestigiamento. Iddio non si mescola cogli uomini, e per opera di questo Demone egli conversa e parla con loro, quando essi vegghiano e quando dormono. E chi è esperto in cotali cose, è uomo demoniaco; chi poi in altre, in un'arte, per esempio, o in un'opera manovale, è uomo ignobile. Di siffatti Demoni ce ne ha molti, e svariati; e uno è l'Amore.

- E chi è suo padre? chi è sua madre?

- Va un po' per le lunghe, pure te la racconto. Quando nacque Venere, banchettarono gl'Iddii: fra gli altri ci era Poro, o l'Abbondante, il figliuolo di Meti, o della Sapienza. Mangiato ch'ebbero, se ne venne Penia, o la Povertà, ad accattare, come si è usati fare ai banchetti; e se ne stava alla porta. Avvenne caso che Poro, inebbriato dal nettare (che non ce ne aveva ancora del vino), entratosene negli orti di Giove, gravato com'era, sdraiossi e s'addormentò. La Povertà, pungendola il bisogno, fe' disegno d'avere un figliolo da Poro: vassene pian piano, e giace con lui e concepí Amore: e però Amore è compagno e ministro di Venere; e da poi che fu generato nelle natalizie di lei, ed è per natura amante della bellezza, ama Venere, che è bella. E perciò che Amore è figliuolo di Poro e di Penia, il suo destinato è questo: primieramente d'essere povero sempre, e tutt'altro che tenerello e bello, quale se lo figurano molti, è duro, squallido, scalzo, e senza casa; e gittasi in terra, senza copertoio, accosto agli usci o in mezzo della via, e dorme al sereno; e in ciò ritrae della madre; e compagna sua, che non gli si spicca mai dal fianco, è l'Inopia. Per padre poi, egli è insidiatore ai belli e ai buoni, forte essendo, audace, subitaneo e collerico, valente cacciatore, intento sempre a parare lacciuoli, uno curioso di sapere, un che si tira via d'ogni impiccio, un che il tempo passa a filosofeggiare, incantatore spaventoso, maestro di veleno, sofista. Egli non nacque immortale né mortale, e in uno stesso giorno fiorisce, quando tutto gli dice bene, e va in rigoglio, muore e rivivisce; perciò che ritrae di suo padre: e le ricchezze che procura gli scappan via, ché ha le mani forate tanto che Amore né è povero mai, né è ricco. Sta poi in mezzo alla sapienza ed alla ignoranza: ecco come. Nessun Dio ama la sapienza, né desidera diventare sapiente; che è già; e se v'ha alcuno altro sapiente, la sapienza egli non l'ama; e neppure l'amano gl'ignoranti, né desiderano essi diventare sapienti; che in ciò appunto l'ignoranza danneggia, ché ella fa che chi non è bello, buono, prudente, si creda già d'essere a perfezione, e però non desidera quello di che non pare a lui patire mancamento né avere bisogno.

E io dissi: - Chi sono adunque, o Diotima, quelli che amano la sapienza, se i sapienti no, e neppure gl'ignoranti?

Rispose: - È chiaro anche a un fanciullo: quelli che stanno in mezzo agli uni e agli altri, fra i quali è Amore. Imperocché la sapienza è cosa bellissima, e Amore è desiderio delle cose belle, e però è necessario che Amore sia amante della sapienza, cioè filosofo; e se filosofo è, che stia in mezzo del sapiente e dell'ignorante. E la cagione di questo è la nascita sua: imperocché ha il padre sapiente e abbondoso, e la madre ignorante, povera. Cosí fatta è, caro Socrate, la natura di questo Demone. Che poi tu ti figurassi Amore a quel modo, non ci è da farne caso, perché ti immaginavi, argomentando io da quello che tu dici, che Amore fosse l'amato, non già l'amante. E però, cred'io, Amore ti pareva bellissimo; ché quello che è degno d'essere amato è veramente bello e delicato e perfetto e beatissimo: ma l'amante ha tutt'altra idea, quella che t'ho ritratto io.

XXIV.

- E sia pure, o ospite (che infin dei conti tu di' bene); ma se tale è Amore, che utilità arreca agli uomini?

- Una cosa dopo l'altra, Socrate: te lo dirò poi. Adunque Amore tale è, e cosí fatto, ed è Amore delle cose belle. Ma se alcuno ci dimandasse: «Perché, o Socrate e Diotima, Amore ama le cose belle?», dico piú chiaro: Chi ama le cose belle, che ama?

E io: - Possederle.

Ed ella: - La tua risposta chiama questa dimanda: Colui che possiede le cose belle, di che s'avvantaggia?

E io dissi: - Una risposta a tale dimanda non l'ho alla mano.

Ed ella: - Via, se alcuno, barattando il bello col bene, ti dimandasse: «Socrate, chi ama il bene, che cosa egli ama?»

- Possederlo, - risponderei a lui.

- E che gliene vien mai della possessione del bene?

- Oh qui, - diss'io, - la risposta corre da sé in su la lingua; glie ne viene ch'egli è beato.

- Perché, - aggiunse ella, - per la possessione del bello i beati son beati, e non è mestieri domandare piú oltre: Chi vuole esser felice, perché vuole esser felice? perché con questa risposta il ragionamento è già bello e chiuso.

E io: - Dici vero.

Ed ella: - Questa voglia, questo amore, credi tu sia comune a tutti gli uomini, e che tutti bramino possedere il bene? che ne di' tu?

- Sí, - risposi io; - ella è comune a tutti.

- E perché, Socrate, - ripigliò ella, - amando tutti una medesima cosa, e sempre, noi non si dice: Tutti amano; ma sibbene: Alcuni amano, altri no? - E poi aggiunse: - Non c'è da maravigliare, perché noi, salvando una specie dell'amore, a quella poniamo il nome del genere, e per le altre specie usiamo altri nomi. Vuoi un esempio? eccolo. Tu sai che la poesia, che significa arte fattiva, è molteplice, perché, qualsivoglia potenza che faccia una cosa dal non essere passare nell'essere, è poesia; e però è poetica l'operazione di tutte le arti, e tutti gli artisti sono poeti.

- Dici vero.

- E pure, - diss'ella, - tu sai che non si chiamano poeti, ma chi ha un nome, chi un altro; e di tutta la poesia sola una parte, quella che riguarda alla musica e ai metri, chiamasi col nome del tutto, perché ella sola si chiama poesia, e poeti soli coloro che la posseggono.

- Dici vero.

- E simigliantemente è dell'Amore: perché niuno è al mondo che non abbia desiderio del bene, e vivissima e ardentissima brama d'esser felice; ma quelli che per altre vie mirano a questo segno, o ragunando ricchezze, o addestrando nella palestra il corpo, o filosofando, non si dice che amano, non si dicono amanti, ma sí quelli soli che mirano studiosamente a quel segno per una speciale via; , si pigliano il nome del tutto, e si dice che amano, che sono amanti, che è amore il loro. Dunque, gira e rigira, gli uomini non amano altro che il bene: non pare a te?

- Forse hai ragione.

- C'è chi dice, che quelli amano, i quali cercano la metà loro; la ragion mia poi, mio caro, dice che l'Amore non è amore né di metà né d'intero, se essi non sono un bene: imperocché gli uomini si lasciano volenterosamente mozzare e piedi e mani, se loro paiono un male; perché non è vero, cosí penso, che ciascuno ami il suo, tranne che non chiami bene il suo, e male l'altrui. Vedi adunque che gli uomini in fondo in fondo non amano altro che il bene: non par a te?

- A me sí, per Giove.

- Dunque, - diss'ella, - si può dire schietto che gli uomini amano il bene.

- Sí, - risposi.

Ripigliò: - E non s'ha d'aggiungere, che amano anche di possedere il bene?

- S'ha d'aggiungere, - risposi.

- E non pure possederlo, - disse, - ma possederlo sempre?

- Anche questo s'ha d'aggiungere.

- Brevemente, l'Amore è dunque desiderio di possedere sempre il bene.

- Verissimo.

XXV.

- E se questo è in generale l'Amore, di', qual'è, in coloro che ne sono presi, quella intenzion viva dell'animo, quell'atto desioso che propriamente chiamasi amore? Sai?

- Eh, se lo sapessi, o Diotima, io non farei piú le maraviglie della tua sapienza, né io verrei a te spesso giusto per imparare queste medesime cose.

- Te lo dirò io: Partorimento nella bellezza, sia in maniera corporale, sia spirituale.

E io a lei: - Ci vuole l'indovino, non capisco.

Ed ella a me: - Dirò piú chiaro. Tutta la gente, Socrate mio, è gravida e del corpo e dell'anima; e, quando batte l'ora, vien la voglia di sgravarsi, e nessuno si può sgravare nel brutto, ma sibbene nel bello.

Il meschiamento dell'uomo e della donna, è sgravamento, è generazione: e la gravidanza e la generazione è nel vivente mortale cosa divina e immortale. Ma non si può generare in quel ch'è disarmonioso; e disarmonioso a tutto ciò ch'è divino è il brutto, il bello poi è armonioso. Adunque la bellezza aiuta la generazione; ella fa da Parca, da Lucina; e però il gravido quando s'appressa ad alcuna bellezza rasserena la faccia e per la letizia si spande e disgrava e genera; quando poi a una bruttezza, s'abbuia e attrista e si chiude in sé, volgesi indietro e fugge, e non genera, e, dentro di sé tenendo il feto, molestamente si sopporta. Pertanto, chi è gravido e già rigonfio, arde dalla voglia di bellezza, perciò ch'ella sola ha possanza di liberarlo dalle acute doglie; perché l'amore non è, o Socrate, desiderio del bello, come tu dici.

- L'amore di che è dunque amore?

- Di generare e partorire in seno della bellezza.

- E sia, - io dissi.

- È, - rispose ella.

- Ma perché di generare?

- Perché la generazione è quello che ci può essere di non generato e d'immortale in un mortale. Or l'immortalità si ama necessariamente, secondo che s'è convenuto, da poi che il bene si ama di possederlo; sempre dunque si ama necessariamente di generare; e però ne segue che l'Amore è anco Amore di generazione, ossia d'immortalità.

XXVI.

Cotali cose m'insegnava, ella, quando mi ragionava d'Amore; e una volta mi domandò: - Socrate, quale credi tu essere la cagione di questa brama d'amore? Oh non vedi come angosciano, nicchiano, tutti gli animali, i terrestri e i volatili, sí tosto ch'è entrata in loro la voglia di generare, e come son tutti ammalati a vedere, e languono d'amore, e quando e' sono sul meschiarsi fra loro, e poi quando abbadano a nutricare i lor nati; e come pronti sono per essi sino i piú deboli a venire con i piú forti a zuffa e a morire; e come per dar mangiare a' figliuoli si lascerebbero straziare dalla fame e farebbero ogni cosa, farebbero? Gli uomini tanto, - disse ella, - si può credere facciano tutto questo per ragionamento; ma gli animali che è che cosí li punge d'amore?

E io, di nuovo, le dissi che non sapevo.

Ed ella: - E credi tu poter essere mai valente in fatto d'amore, se questo non capisci?

- E perciò, o Diotima, vengo a te, - risposi io, - perché conosco ch'io ho bisogno di maestri. Su via, e in questi e negli altri segreti d'Amore mettemi tu dentro.

- Se tu credi, - ella disse, - che amore è desiderio di quel che s'è detto piú di una volta e d'accordo, non ti maraviglierai; imperocché la stessa ragione di prima qui vale, cioè che il mortale cerca a piú potere di vivere sempre, di essere immortale: e ci riesce solo per questa via, per la generazione, siccome quella che sempre lascia un altro e giovane in luogo del vecchio. In vero, d'ogni vivente si dice ch'ei vive, e che egli è il medesimo: cosí d'un uomo si dice che è il medesimo da fanciullo fino a che si fa vecchio. E si dice che è il medesimo, sebbene egli non serbi in sé le parti medesime, ma continovamente si rinnovi e perda ciò che v'ha di vecchio e ne' capelli e nella carne e nelle ossa e nel sangue e in tutto quanto il suo corpo. E succede questo mutamento non pure al corpo, ma altresí all'anima; perciocché i costumi, le usanze, le opinioni, i desiderii, i piaceri, i dolori, le paure non si rimangon mai, ma parte vengono, parte van via. E quello che piú fa maraviglia si è che non pure tutte le notizie dalla mente parte nascono, parte periscono, sí che in rispetto a esse noi siamo nuovi sempre; ma che altresí ciascuna notizia, considerata in sé sola, patisce simile mutamento. Imperocché quell'operazione che chiamasi meditare è rivolta alla scienza già andata via; perché dimenticanza è uscita di scienza, e la meditazione creando la ricordanza di essa scienza già fuggita, ne conserva una certa specie, tanto da parere essa quella medesima. E per questo modo conservasi ogni mortale: non già perciò ch'egli è in tutto il medesimo, come gl'Iddii; ma sí perciò che in lui ogni parte che va via o invecchia lascia un'altra nuova e a sé somigliante. Per questo ingegno, o Socrate, - disse, - quel ch'è mortale partecipa della immortalità, sí il corpo, sí ogni altra cosa; ché non potrebbe altrimenti. Non ti maravigliar dunque se ogni animale ha naturalmente il suo germoglio in onore; perché è desiderio d'immortalità che lo fa cosí studioso e amoroso.

XXVII.

Cotali cose udendo io, mi maravigliai, e dissi: - Ma è propri vero, sapientissima Diotima?

44

Ed ella, come i savii perfetti, rispose: - Ne sii certo, Socrate. Ché, se tu poni mente alla brama di gloria della quale sono assetati gli uomini, dove non considerassi quel che t'ho detto, ti maraviglieresti della loro stoltizia, a vedere come eglino s'arrovellano la vita per venire in fama e lasciare perpetuamente immortale il loro nome, e come per questo sono apparecchiati a mettersi in ogni pericolo, piú che non per i figliuoli, e a consumare le loro sostanze e sostenere d'ogni sorta travagli e sino morire. Oh che credi? Alceste si sarebbe offerta da sé a morte per Admeto, e Achille avrebbe voluto seguire l'ucciso Patroclo, e Codro per serbare regno ai figliuoli si sarebbe devotamente da solo cacciato in mezzo a' nemici, se non avessero creduto che della virtú loro rimaneva immortale ricordanza? E cosí fu: e anche oggi noi li ricordiamo. Tutt'altro, - disse; - credo anzi che tutti fan di tutto per la fede nella immortalità della virtú e per l'amore alla gloria, tanto piú, quanto sono piú valenti, imperocché l'immortalità essi l'amano. Ora quelli che son gravidi del corpo si volgon piú a donna, e sono per questa maniera amorosi; credendo col mettere al mondo figliuoli lasciar di sé ricordanza, e procacciarsi immortalità e beatitudine per tutto il tempo a venire. Quelli poi che son gravidi dell'anima (ché ce n'è, - disse, - di quelli pregnanti nell'anima piú che nel corpo), figliano quello che all'anima figliare si conviene ogni volta.

- E che è che le conviene?

- La sapienza e le altre virtú, delle quali sono genitori tutt'i poeti e quelli fra gli artefici che hanno nome di avere mente trovativa. Sapienza poi grande molto e bellissima è quella ch'è rivolta a mettere ordine nella città e nelle case: e si chiama assennatezza e giustizia. E quando alcuno per esser divino ha sin da giovanetto l'anima pregna di queste virtú, non sí tosto giunge il tempo, preso è dalla smania di partorire, e va attorno desiosamente, in cerca d'alcun bello, nel quale disfoghi l'amorosa voglia e si allevii; che non potrebbe in uno brutto.

E però egli si diletta dei corpi belli piú che dei brutti, giusto perché è gravido; e se mai s'abbatte in alcuno, che, oltre al corpo bello, abbia anche l'anima bella e gentile e bennata, di questa bellezza addoppiata si allegra assai assai, e con quello gli si scioglie la lingua in copiosi discorsi su la virtú e sul come s'ha a comportare un uomo a modo e a garbo e su dove ha da rivolgere l'animo; e tosto mettesi ad ammaestrare. Imperocché, cred'io, accostandosi egli a un bello, e con esso lui conversando, partorisce quello di che era gravido da molto tempo, e dipoi, vicino o lontano, ricordasi di lui, e insieme con lui pigliasi cura del frutto dell'amor loro; tantoché fra loro s'accende affetto piú che se avessero messo al mondo de' veri figliuoli, e nasce amicizia molto durabile, da poi che hanno comuni de' figliuoli piú immortali e piú belli. E chiunque piglierebbe a patto avere piuttosto di questi figliuoli che non di quelli proprio vivi; e guardando a Omero ed Esiodo e agli altri valenti poeti, l'invidierebbe per aver essi lasciato di cotali figliuoli che han procurato loro immortal gloria e ricordanza: e, vuoi pigliar Licurgo? invidierebbe altresí lui per i suoi figliuoli, i quali salvarono la Lacedemonia e direi la Grecia. Solone, egli pure, è onorato presso di voi per aver partorito le leggi; e altri c'è in altri luoghi assai, e di Greci e di Barbari, che dettero a luce opere molte e belle, e partorirono virtú svariate, e per cotali figliuoli furono loro innalzati assai templi, cosa che a niuno fu fatto per figliuoli in carne ed in ossa.

XXVIII.

Poi continuò: - Sino a questo grado d'amore anche tu, Socrate, potrai essere iniziato; ma a quelli piú su, piú segreti, a' quali mettono questi di giú, se l'iniziamento si fa a dovere, non so se sei adatto. Pure io dirò e farò alla meglio, e tu provati, se puoi, di tenermi dietro. Bisogna, - disse, - chi si vuol bene avviare ai misteri d'amore, che incominci da giovinetto ad accostarsi ai belli corpi, e primieramente, se chi gli fa da guida lo guida bene, amare un corpo solo, e dalla bellezza di quello aiutato, partorire e generare belli discorsi; dipoi ha da capire che la bellezza ch'è in un corpo qualsivoglia, sorella è a quella che è in un altro, e che se egli conviene andare in cerca della idea della bellezza, sarebbe grande stoltizia non credere che sia una e medesima la bellezza che in tutti corpi traluce. Capito questo, subito s'ha a fare amatore di tutti i corpi belli, e quegli ardori per un solo li ha da quetare, non facendone conto, reputandola piccola cosa. Dipoi ha a conoscere che la bellezza che risplende nelle anime è piú pregevole di quella che ne' corpi trasparisce; in guisa che s'egli s'abbatte in alcuno d'anima buona, comeché poco sia il fiore di sua bellezza, se ne contenti e ne innamori e gli faccia carezze e partorisca di cotali discorsi che abbiano possanza di far buoni i giovanetti. E cosí egli sarà poi tratto a considerare la bellezza che è nelle istituzioni e nelle leggi, e vedrà che, gira e rigira, ella è sempre la stessa, e si capiterà che picciola cosa è bellezza corporale. Dopo le istituzioni convien che salga alle scienze, perché veda altresí la bellezza loro: e in questa copiosa bellezza riguardando, non piú amerà a modo d'uno schiavo la bellezza d'un giovinetto o d'un uomo o d'una istituzione, e non piú farà, a quella servendo, la figura d'uno spregevole e dappoco; ma al contrario, annegando la vista nello smisurato mare di questa bellezza nova, e in quello contemplando, partorirà molti e belli discorsi e splendidi, e pensamenti abbondanti in sapienza, insino a che, avvalorato da quella vista ed esaltato, non iscorga piú altro che una scienza sola, quella della stessa bellezza.

XXIX.

Ora fa, - disse, - di tenere la mente tua a me strettamente fissa piú che tu puoi: colui che fu tratto su insino a qui nei misteri d'amore, contemplando a grado a grado e convenevolmente le cose belle, pervenuto al termine, vedrà subitamente certa maravigliosa bellezza, quella appunto per amor della quale ebbe prima a sopportare ogni fatica. Ella è sempre; e non nasce né muore, non cresce né scema; oltre a ciò, non è parte bella, parte brutta; né a volte sí, a volte no; né bella per un riguardo, e per un altro brutta; né bella qua, e là brutta; bella all'occhio d'alcuno, e brutta all'occhio d'un altro; né ha figura come di faccia o di mani o di altra cosa corporale, né forma di discorsi, né di scienza; né è in alcun altro, come dire in un animale, in terra o in cielo o in che si voglia; ma ella è da sé, per sé, con sé, sempre immutabile; e l'altre cose belle partecipano di lei per tal forma, che, laddove esse nascono e periscono, ella né cresce, né scema, né altro mutamento patisce. Ché se alcuno pigliando le mosse dall'amor dei giovinettini, da queste cose che si generano e si corrompono si leva su su insino a che egli arrivi l'occhio alla stessa bellezza, egli tocca già il termine. Imperocché la maniera d'andare da sé o d'esser menato diritto per il campo d'amore è questa: cominciare da coteste cose belle di quaggiú, e, tirati dall'amore della bellezza, montare come per iscala da un corpo bello a due, e da due a tutti, e da tutti i corpi belli alle belle istituzioni, e dalle belle istituzioni alle belle scienze, insino a che a quella si pervenga, la quale non d'altro è scienza che della stessa bellezza, e cosí conosca finalmente quello che è la bellezza davvero. E, - cosí disse l'ospite mantinese, - se mai, o Socrate, c'è momento d'ora nella vita che metta conto di vivere, questo è, quando si contempla la stessa bellezza. La quale se t'avverrà mai di vedere, ella ti parrà senza paragone ben piú preziosa dell'oro e degli avvenevoli vestimenti, e anche dei belli fanciulli e dei giovinetti: i quali se tu vedi ora, ne rimani stupefatto, e tu e molti altri non badereste piú né a mangiare né a bere pur di vederli, pur di stare con loro. Or che sarebbe egli mai, - disse, - se un s'abbattesse a vedere la stessa bellezza sincera e senza mistura, non già quella infarcita di umane carni e colori e d'altre mortali piccolezze, ma sí la stessa divina bellezza immacolata e schietta? Oh! reputi tu una vita miserabile quella d'un che là guardi e contempli con l'occhio con il quale s'ha a contemplare, e là viva? O non pensi, - disse, - che quivi solamente, in quel che un vede la bellezza con quell'occhio al quale è visibile, vien fatto partorire, non già simulacri di virtú da poi che non s'accosta a un simulacro di bellezza, ma sibbene virtú vere, da poi che alla vera bellezza si sposa; e partorendo virtú vera, e nutricandola, sarà agl'Iddii caro, e sarà, se altri fu mai al mondo, anch'egli immortale?

Queste cose, caro mio Fedro e cari voi altri, disse Diotima: e io ne fui persuaso. Persuaso io, mi provo di persuadere anco gli altri, che, per il conseguimento di cotanto bene, niuno uomo al mondo cosí di leggieri troverebbe aiutatore piú efficace che Amore. E però, dico, conviene a ogni uomo onorare l'Amore: e io l'onoro per parte mia e me la fo molto con lui, e conforto a fare il simigliante anco gli altri; e ora e sempre lodo la possanza sua e la sua fortezza.

Questo mio discorso, o Fedro, se vuoi, fa conto che sia un encomio d'Amore; se no, chiamalo pure come meglio ti garba.

XXX.

Appena ebbe finito, tutti gridarono: - Bravo, Socrate, bravo -; ma Aristofane no, anzi s'affollava per dire qualche parola, perciò che l'altro, parlando, gli avea dato una botta. E, subitamente, sentesi la porta del vestibolo come fracassare dalle tante picchiate, e poi voci d'una brigata allegra e d'una femmina sonatrice di flauto.

- Ragazzi eh, non andate a vedere? - disse Agatone. - Se amici, fateli entrare; se no, dite che noi non si beve piú, che già si riposa.

Poco dopo si sente nel vestibolo la voce di Alcibiade brillo ben bene, che gridava a squarciagola: - Dov'è Agatone, dov'è? voglio che mi meniate a Agatone, voglio.

E vien menato dentro, sostenendolo alcuni di sua brigata e la sonatrice. Su la soglia dell'uscio fermasi: era incoronato d'una corona di fitta ellera e di viole, e avea in capo tante di quelle bende! Disse: - Salute, o amici. Mi volete voi compagno nel bere, me che già mi fuma la testa? se sí, entro; se no, ricingo di queste bende le tempie al mio Agatone, per amor del quale io ci venni, e vo via. Non ci potei venire ieri e son venuto oggi, e non per altro mi son messo io queste bende se non per cavarmele e incoronare lui che è, per dirla, il piú sapiente che ci sia e il piú bello. Oh? mi ridete? perciò ch'io sono un po' allegro? ridete pure, ma io so ch'io dico vero. Su via, spicciatevi: ho a entrare io, ma a patto che voi beviate con me, o no?

Tutti, facendo chiasso, gridarono, anche Agatone: - Entra e sdraiati.

Ed egli, sostenuto da quei suoi compagnoni, entra, e mentre che si discioglie quelle sue bende, Socrate gli sta pure avanti agli occhi, ei non lo vede, e gittasi accosto ad Agatone, in mezzo a lui e a Socrate: ché Socrate, per lasciarlo sedere, erasi un po' tirato da canto. Sedutosi, saluta Agatone, e incoronalo. Agatone, voltosi ai fanti, disse: - Slacciate i calzari ad Alcibiade; io vo' che si sdrai e si faccia terzo a noi due.

- Sí, - ripigliò Alcibiade; - ma chi sarà terzo a noi due qua nel bere?

E in quel che si volge da lato, vede Socrate; salta su e dice: - Per Ercole, che è? ti se' tu qua rimpiattato per insidiarmi, al solito, ché mi scatusci dove men me lo credo? E ora perché ci sei venuto? perché ti sei sdraiato qua? e non accosto ad Aristofane o altro che sia o voglia mostrar d'essere piacevolone, e ti sei ingegnato di coricarti accanto al piú bello che c'è qua dentro?

E Socrate: - Agatone, ché non m'aiuti? l'amore di questo giovane non è per me un affar piccolo. Ché dacché gli ho posto amore, non son piú padrone di dare un'occhiata a niuno che sia bello, e di conversare con lui un poco, che questo giovane arrabbiato dalla gelosia, dalla invidia, me ne fa di tutte le fatte, mi strapazza, ed è assai che tenga da me discoste le mani. Bada che anche ora non ne faccia una delle sue; facci fare la pace: e se vedi ch'egli mi si avventa, aiutami, ché la sua furia, la maniera sua d'amare quelli che l'amano, mi fa sin paura.

- No, non ci sarà mai pace, mai, fra me e te, - gridò Alcibiade: - va', questa me la pagherai un'altra volta. Ora, Agatone mio, dammi, - egli disse, - un poco delle tue bende, perché ne adorni pure la mirabile testa a questa figura ch'è qui, perché non mi abbia a fare una bravata ch'io ho coronato te, e lui no, lui che quando parla vince tutti, non una volta, come tu ieri, ma sempre.

In quel mentre piglia delle bende e ne cinge il capo a Socrate, poi si sdraia.

XXXI.

Sdraiato che fu, disse: - Oh, miei cari, m'avete aria di voler fare i sobri? non ve la passo, s'ha a bere, fu cosí il patto: e insino a che voi non beviate davvero, io m'eleggo da me a mastro delle tazze. Su, Agatone, fa' portare un tazzone, se c'è ben grande: no, non ce n'è di bisogno. Ragazzo, qua quel vaso, - (era di quelli che si usano a serbar fresco il vino, e l'aveva sbilurciato ch'era capace ben d'otto misure) lo riempí, ed egli bevve per primo; e poi comandò che si versasse a Socrate, dicendo: - Manco quest'astuzia mi giova, che quanto uno vuol che beva, tanto egli beve, e la testa non c'è modo che gli vada a giro.

Come il ragazzo ebbe versato, Socrate bevve.

Ed Erissimaco: - Che è, Alcibiade? s'ha a bere a questa manieraccia? non un po' di conversazione, non un po' di canto: si tracanna proprio come assetati.

E Alcibiade: - Erissimaco mio, fior di figliuolo d'un padre buono e temperato assai, io ti saluto.

- Anch'io te, - rispose Erissimaco: - che s'ha dunque a fare?

- Quel che vuoi tu, ché ti si ha a dar retta; «ché un medico, egli solo, conta piú che molti»; di', che vuoi?

- Senti qua, - disse Erissimaco: - prima che tu ci entrassi si fece accordo che ciascuno di noi, a cominciare da man ritta, avesse a fare in lode d'Amore un discorso bello piú che poteva. Noi altri tutti ce la siam cavata; tu, dacché finora non hai detto nulla ed hai pure bevuto, è giusto che ne faccia uno anche tu. Fatto che l'hai, di' pure a Socrate ciò che vuoi tu, egli all'altro di destra, quello all'altro, cosí torno torno.

E Alcibiade: - Per dire tu di' bene, Erissimaco; ma bada, non va che un ubbriaco come me debba scodellare un discorso e mettersi al paragone con gente sobria; non s'è alla pari. Ma, di', beato omo, le paroline che disse poco fa Socrate su la mia gelosia ti hanno proprio persuaso? Eh! non sai, il geloso è lui, tanto che se io lodassi in faccia sua alcun altro, o Dio o uomo, che non sia lui, non terrebbe le mani.

- Zittisci, - gridò Socrate.

- Non negare, per Nettuno, - gridò Alcibiade; - certo che io non m'attenterei e non vorrei lodare alcuno in faccia tua.

- E va' là, loda lui, dunque, se ti pare, - disse Erissimaco.

- Che di' tu? - rispose Alcibiade: - vuoi proprio che io dia addosso a questo galantuomo, e faccia le vendette mie sotto agli occhi vostri?

- Che hai tu in mente? di canzonarmi eh? che vuoi fare?

- Vo' dire il vero, se mi lasci dire.

- Sí, il vero te lo lascio dire, e vo' che tu lo dica.

- E io comincio, - disse Alcibiade: - e tu sta' lí, e se mi scappa detto cosa non vera, dammi in su la voce, se vuoi, dammi del bugiardo; ma bugie veh! apposta io non sono solito dirne. Se poi ti par ch'io vada qua e là a saltelloni, non te ne far meraviglia; ché a un ch'è nel mio caso non è facile dir regolato e fil filo tutte le bizzarrie tue.

XXXII.

Parlata di Alcibiade in lode di Socrate.

Io, miei cari, mi proverò a lodar Socrate, cosí, per via di similitudine; e lui non se le pigli come una burla le mie similitudini, ch'elle son verità e non una burla.

Io dunque dico ch'egli è simigliantissimo ai Sileni che stanno lí in mostra nelle botteghe degli statuarii, Sileni che hanno in mano una siringa o un flauto, e son cosí lavorati, che di dentro son vuoti, e s'aprono da due parti, e, aprendosi, fan vedere delle statue di Dii. E dico pure questo, ch'egli mi somiglia al satiro Marzia. Per la figura tanto non ne dubiterai neanco tu, Socrate; e che anche nel rimanente somigli a essi, stammi a udire. Di', non sei tu un canzonatore? Negalo; ti citerò testimoni. E non sei un suonatore di flauto? altro! e piú maraviglioso di Marzia. La ragione è questa. Colui per via di strumento inteneriva alla gente il cuore con la dolcezza che gli usciva di bocca: e cosí fa anche al presente chi suona le sue cose col flauto. E faceva cosí Olimpo, che anco lui, dico io, imparò da Marzia. In somma, le cose di Marzia, o le suoni con flauto un sonator valoroso o una sonatrice da poco, elle sole, per esser divine, infiammano, che proprio te la fan sentire la preghiera dei supplicanti agli Iddii, la preghiera di quelli desiosi e abbisognosi di essere iniziati nei misteri, e via via. Ma tu? lo vinci! perché tu con la parola nuda nuda consegui quegli effetti medesimi.

Noi, in vero, quando si sente discorsi d'alcun altro, ancora che sia un retore bravo, non ci fa, per dirla, né caldo né freddo. Ma quando si sente te, o anche un altro che riferisca un discorso tuo, fosse anche uno sciocco, chi li sente, o donna o uomo o giovanotto che sia, rimane lí a bocca aperta, il cuore gli s'infiamma. Io, miei cari, se non fosse paura d'aver a parere piú cotto di quel che sono, sacramentando vi direi quello che m'han fatto e mi fanno anco adesso i discorsi di questo ch'è qui. Io quando lo sento, il cuore mi picchia forte, piú che non fa a quelli che coribanteggiano, e le parole sue mi fan piovere giú le lacrime; e vedo che quel che provo io lo provan tanti altri. Per contrario quando sentivo Pericle o altri dicitori valenti, intendevo sí che per parlare parlavan bene, ma non m'appassionavo cosí, non iscompigliavasi la mia anima, non s'incolleriva come se ella si trovasse in servaggio. Ma per questo Marzia io tante volte mi son sentito cosí dentro, tanto da parermi che la vita ch'io fo non è per nulla quella che s'ha a fare. Non dirai, Socrate, che ciò non è vero. E anche presentemente io so che se ti porgessi orecchio, non potrei riluttare, sarei allo stesso caso; perché egli mi tira per forza a confessare che io, mentre che son un pien di bisogni, di me non mi piglio una cura al mondo, e nientemeno poi ho l'ardire di maneggiar le faccende degli Ateniesi. Ecco perché turandomi io con tutte e due le mani l'orecchie scappo via da lui, scappo via come dalle Sirene, ch'io non ho voglia di starmi accanto a lui ad invecchiare. E solo con lui m'è accaduta cosa che non me l'avrebbe mai creduto alcuno, d'avere ad arrossire; arrossisco per lui; perché io sento nel mio dentro che a quello ch'egli mi comanda di fare non ho la forza di risponder di no; e, da altra parte, non mi son scostato da lui, e gli onori che mi fa il volgo mi fan girare la testa. Ecco perché lo scantono, e, basta ch'io lo veda, mi viene a mente la confession mia ch'egli m'ha cavato di bocca, e mi si fa rossa la faccia. Piú volte ho desiderato io di non vederlo piú tra i vivi! ma sento che se per disgrazia ciò mai avvenisse, ne avrei un dolore altro che questo; di modo che non so come m'ho a regolare con questo benedetto omo. E le sonate di flauto che fa questo satiro hanno commosso tanti e tanti, tal quale come me.

XXXIII.

Ora state a sentire come anco nell'altro egli somigli a quelli a' quali l'ho assomigliato io, e come è maravigliosa la possanza ch'egli ha. Ché sappiate pure, nessun di voi conosce questo pezzo; e, dacché ho cominciato, ve lo voglio far conoscere io chi è. Guardatelo qui! egli amoreggia coi belli e stassene sempre alle loro costole, ed è un semplicione alla cera, un che non sa nulla. Or non è questo un sileneggiare? altro! perché tutto questo l'è scorza, e se si apre, come si aprono i Sileni delle botteghe, uh! come è pieno di temperanza, di sapienza, beoni miei cari. Sappiate che se alcuno è bello non gliene importa a lui un fico, anzi dispregialo, che non si crederebbe: e cosí se alcuno è ricco o ha di quegli onori che ti fanno beato, a sentire il volgo. Tutti codesti beni egli li ha per nulla e noi mette del pari, e tutto il santo giorno se la spassa a uccellare la gente. Ma io non so se l'ha visto mai alcuno quando egli sta serio e con l'anima aperta, se ha visto le tante immagini belle ch'egli ci ha dentro, non altrimenti che i Sileni che ho mentovato. Io sí le ho viste una volta, e cosí mi parvero cose d'oro, cosí divine, cosí bellissime e maravigliosissime, che, a farla corta, io lí per lí dissi: S'ha a fare quel che vuol Socrate. Ora io lo credevo innamorato della mia bella faccia, e mi figuravo il mio guadagno, la mia gran buona ventura, se facendo io a Socrate cortesia, potessi da lui in ricambio udire quello che sa. Cotale idea rugumando io, io che prima d'allora non era solito di star solo con lui senza il mio fante, allora io il mio fante mandai via, e rimasi a conversar solo a solo con lui: già con voi s'ha a dire tutta la verità come ella è; attenti; e se io dico bugie, salta su pure, Socrate.

Io dunque rimasi con lui a solo a solo, e m'immaginavo che egli di botto mi pigliasse un di quei discorsi che un amante suol pigliare col diletto suo quando stanno a quattr'occhi; e mi rallegravo. Non ce ne fu nulla! e, al solito, conversato con me e passata la giornata, mi piantò. Poi dopo l'invitai a fare un po' di ginnastica con me; e la faceva; e io mi figuravo già di riuscire per questa via. Come dico, si faceva ginnastica, si faceva alla lotta; e sovente eravamo soli. Che ho a dire? non mi giovò nulla! Da poi che non ci riuscivo niente per questo verso, pensai d'averlo ad assalire di tutta mia forza; e, una volta presolo, non lo lasciare insino a che non gli cavassi di bocca come la andava questa faccenda. Lo invito a cena; e gli getto la rete; proprio come fa un amante al diletto suo. Non accettò in su le prime; poi, passando tempo, si piegò. Quando ci venne la prima volta, appena cenato se ne volle andar via; e io lo lasciai, ché mi vergognavo. Di nuovo io gli getto la rete, e, finito di cenare, tirai la conversazione sino a notte fitta; e quando egli voleva andar via, pigliando io la scusa che l'ora era tarda, lo costrinsi a restare. Si riposò sul lettuccio accosto al mio, quello sul quale aveva cenato: e nella camera non c'era a dormire che io e lui. Sin qui il racconto va liscio, e si può dire innanzi a chicchessia; ma quel che segue poi non l'udiresti da me, se non fosse il dettato che il vino è veritiero, ci sian lí fanciulli o no: e poi abbuiare io un fatto assai glorioso a Socrate, io che ho preso a far le sue lodi, non mi par giusto. Ce n'è un'altra! io son come uno morso da vipera: chi ha patito questa disgrazia, si dice, non conta le pene sue se non a quei che come lui furon morsi; ché essi soli capiscono e compatiscono ogni pazzia che poté fare e dire per il dolore. Io adunque, morso dalla più velenosa vipera che mai fu al mondo, in parte la più dolorosa, qui, nel cuore, nell'anima o com'altro vogliate dire; io morso e ferito da' ragionamenti di filosofia, che son più crudi della vipera quando addentano un'anima giovinetta e bennata, e a loro voglia te la rivoltano; io che mi vedo a faccia a faccia Fedri, Agatoni, Erissimachi, Pausania, Aristodemi, Aristofani, senza contar Socrate e gli altri, tutta gente alla quale la Filosofia scalda e imbriaca la testa; io sciolgo la lingua. E state a sentire voi tutti, e compatitemi per quello che allora ho fatto e per quello che dico adesso: e voi, fanti, e se alcun altro c'è profano e salvatico, turatevi bene le orecchia.

XXXIV.

Poiché adunque, o amici, la lucerna fu spenta, e i fanti eran fuori, parve a me che non m'avessi più a infingere con lui, ma sí dirgli alla bella libera quello che mi sentivo; e, piano, dissi, scotendolo un poco: - Socrate, dormi?

- No, - rispose.

- Sai, dunque, che ho pensato?

- Che hai pensato? - disse egli.

- Tu, - ripigliai, - mi pari il solo amante degno di me, e, al vedere, non me ne parli, ché non t'attenti. Ma io, io la penso cosí, che sarei un gran sciocco se non facessi anco per questa parte il piacer tuo, e non t'offerissi ogni altra cosa che ti bisogni, le mie sostanze, i miei amici; perché nulla mi sta più sul cuore che di farmi un brav'uomo, e credo che nessuno è più di te al caso d'aiutarmi; e, a essere con te scortese, avrei rossore dei savii, più che non del volgo stolto se io ti userò cortesia.

Ed egli, dopo che ebbe sentito, assai ironicamente, proprio al suo solito, disse: - Caro Alcibiade, tu mi pari tutt'altro che sciocco, se vero è quello che tu di' sul conto mio, ch'io ho virtú di farti migliore. Se fosse vero, tu vedresti in me una cotale maravigliosa bellezza, differente assai da quella ch'è nel tuo viso, e tu vorresti con me fare mercato, e barattare bellezza con bellezza; ché intendi che ti torna il conto, se in cambio d'una bellezza apparente ti procuri quella ch'è vera: capisci che gli è come barattare il rame con l'oro. Ma, bello mio, guardami, guardami bene e sí vedrai ch'io sono un nulla. Vero è che l'occhio della mente comincia a vedere chiaro, allora quando l'occhio del corpo comincia a vedere scuro. Ma questo non è il caso tuo, tutt'altro!

E io dissi: - Per me la è cosí, e io ho su la lingua quello che tengo in cuore; tu prendi consiglio ed eleggi quello che ti pare il meglio per me e per te.

Rispose: - Qui dici bene, e da ora innanzi ci consiglieremo insieme, e faremo ciò che ci parrà il meglio in questa e nell'altre cose.

Cotali parole udite e dette, io, quasi scoccatogli un dardo, m'immaginai averlo già bell'e ferito; e levatomi su di botto non lo lasciai piú rifiatare, e gettatogli addosso questo pallio qui (ch'era di verno), e poi cacciatomi sotto al suo mantellaccio, io avviticchiai con queste braccia quest'uomo divino e veramente maraviglioso e tutta notte me la passai con lui: e qui manco dirai, Socrate, ch'io dico bugie. Or bene, mentre ch'io cotali cose facevo, egli vinse la mia bellezza, sprezzolla, sbeffeggiolla, svillaneggiolla, e come! e io me ne teneva, o Giudici, Giudici dico della superbiaccia di Socrate; che sappiatelo bene per gl'Iddii e per le Dee ch'io, dopo aver dormito con Socrate, mi levai non altrimenti che se dormito avessi con mio padre o con un mio fratello maggiore.

XXXV.

Dopo questo figuratevi che cuore fu il mio, come rimasi! mi credetti sprezzato da lui, e tuttavia io ammiravo la natura sua e la sapienza e la fortezza, e vedevo che m'era imbattuto in un uomo cosí virtuoso e savio, quale non mi figuravo io d'avere a incontrare mai. Onde io né poteva pigliarmi collera e piantarlo e fare senza della sua conversazione, e neanco avevo alla mano un mezzo per tirarlo a me;

ché sapevo bene io ch'egli era per ogni verso invulnerabile con l'oro, piú che non fosse Aiace con il ferro. E il mezzo col quale solo credevo poterlo accalappiare, m'era fallito. E ridotto io in servitú da quest'uomo, come mai alcuno non fu da alcuno altro, andavo così, non sapevo piú dove batter la testa.

Questo m'accadde prima: poi dopo, alla guerra di Potidea, ci trovammo tutt'e due, e là si mangiava insieme. Ora, la prima cosa, egli non pure vinceva me in sopportar le fatiche, ma anco tutti gli altri. E quando per esser chiusi in alcuno luogo ci toccava patir la fame, cosa che suole accadere in guerra, gli altri quanto a virtú in sopportarla erano al paragone di lui un nulla. Ma poi quando si sguazzava in banchetti, egli solo sapeva come s'ha a godere ; e fra l'altre, nel bere vinceva tutti anco quando non ne avea voglia e c'era tirato per forza. E quel ch'è proprio miracoloso, mai non fu alcuno che lo vedesse ubbriaco: e credo la prova ce l'avrete anco adesso. Quanto poi al sopportare il verno (e lí i verni fan sin paura) fece maravigliare. Tra l'altre, una volta fu una gelata cruda che mai, e tutti non s'attentavano a mettere fuori il naso, e se usciva alcuno era rinfagottato piú che poteva, e coi piedi calzati e rifasciati di feltri e di pelli d'agnello; e bene, questa figura qui andavasene attorno a spasso con questo suo mantelluccio, al solito, e scalzo camminava piú lesto che non gli altri ch'eran belli calzati. I soldati lo guatavano in cagnesco, come un che pareva che li sprezzasse; e di ciò basti.

XXXVI.

Ma «quello che operò e sopportò il forte uomo» una volta lí dove stavasi a campeggiare, degna cosa è che si sappia. Perché, non so che pensasse, stette lí ritto in piedi sin dal mattino speculando entro dalla sua mente; e poi che non gli veniva fatto di trovar quel che voleva, egli non si stracca, e sta pure lí sempre con la faccia pensosa. Era già mezzodí, e la gente erasene accorta, e maravigliando l'uno diceva all'altro: - Eh, Socrate è lí sin da stamane! chi sa che pensa! - In ultimo alcuni Ioni, quando fu sera, cenato ch'ebbero, steso un copertoio per terra, ché allora era state, si coricarono al sereno, avendo l'occhio a lui, vaghi di vedere se stesse lí anco la notte. Vi stette, sino a che l'aurora cominciò a rosseggiare, e poi a montare su il sole: allora, pregato al sole, se ne andò.

Se vi piace, vediamolo nelle battaglie, ché anco per questa parte se gli ha a fare ragione: perché, quando fu la battaglia per la quale i capitani mi dettero il premio, fu Socrate colui che salvommi, nessun altro; ché gli seppe male d'abbandonarmi lí ferito; e non pure me, ma salvò persin le mie armi. Ed io, o Socrate, anche allora feci ressa ai Capitani che volessero dare a te il premio: e neppur qui mi salterai agli occhi a darmi del bugiardo. Ma quelli, guardando solo al mio merito, s'eran messi in capo di darlo a me il premio; e ti arrabattasti tu piú di loro medesimi perché l'avessi io e non tu. Lasciamola là. Ma era ben da vedere Socrate quel dí che l'esercito ritraevasi da Delio in fuga: ci ero anch'io, a cavallo; egli era fra gli Opliti, a piedi. Rotte già le ordinanze, egli e Lachete si ritraevano insieme. E io m'abbatto in loro: subito, a vederli, dissi: - Fatevi cuore, non v'abbandonerò io.-. E lí conobbi Socrate meglio che a Potidea: per me tanto ero a cavallo e avea meno paura. Vidi primieramente quanto per prudenza andasse egli innanzi a Lachete; e poi, son le parole tue, Aristofane, mi parve ch'egli anche là camminasse come fa qua, impettito, gittando certe occhiatacce da lato, e riguardando silenzioso inverso ad amici e nemici, sí che anco da lungi facea vedere, che se toccato lo avesse alcuno, sarebbesi difeso molto gagliardamente. Tanto se la cavarono egli e l'amico suo; ché già in guerra quelli che si mostran come lui animosi, il nemico non li tocca, e per contrario, quelli insegue che se la dànno a gambe. E tante altre cose mirabili avrei a dire sul conto di Socrate, ma poi che molte si potrebbe appiopparle anco ad un altro, me ne passo; ma questa poi io l'ho a dire, che è cosa meravigliosa di molto, ed è ch'egli non è simile a niuno né degli antichi né de' moderni. Ad Achille, per mo' d'esempio, se gli potrebbe assimigliare Brasida o qualche altro; e Nestore, Antenore e altri si potrebbe assomigliarli a Pericle: e se ne potrebbe far tanti di questi paragoni. Ma questo ch'è qui, i discorsi che fa, son cosa cosí nuova, che per cercar che si faccia non si troverebbe alcuno né di quelli d'oggi né degli antichi che gli somigli neppure un poco, tranne che non si voglia assomigliar lui e i suoi discorsi a quelli che dico io, cioè, ad uomo no, ma a Sileni e a Satiri.

XXXVII.

Ché anco i suoi discorsi, me n'era scordato a principio, sono somigliantissimi ai Sileni, a quelli che s'aprono; imperocché se ad alcuno vien la voglia di sentire i discorsi di Socrate, lí per lí gli parranno ridicolosi assai, perché avvolti sono di fuori in certi nomi strani e verbi, come in una pelle di procace satiro. In vero egli ha sempre in bocca asini bastati, fabbri, calzolai, coiai, e par che canti sempre la medesima canzone; talché un che non ha pratichezza, un ch'è sciocco, de' discorsi di lui si farebbe le risate. Ma se alcuno li guarda aperti e ficca l'occhio nel loro dentro, troverà che fra tutti i discorsi che si fanno, essi soli hanno mente e son divinissimi, e ricettano in loro moltissime immagini di virtú, e intendono a moltissime e altissime cose, o meglio, a tutto ciò dove ha a tenere l'occhio chi voglia venire bello e buono.

Ecco le lodi ch'io fo a Socrate, e, mescolandovi i biasimi, v'ho detto la villania che m'ha fatto, né a me solo, ma altresí a Carmide figliuolo di Glaucone e ad Eutidemo figliuolo di Diocle, i quali egli gabbò, perché facendo con loro l'innamorato per burla, fece sí ch'essi innamorassero di lui daddovero. Agatone mio, te lo dico perché non c'incappi anche tu, ma, fatto sperto dai nostri guai, stii in su l'avviso e non abbi a imparare, da allocco, a tue spese, come dice il dettato.

XXXVIII.

Come ebbe finito Alcibiade, si rise per il suo parlare sboccato, perché parve che tuttavia egli amoreggiasse con Socrate.

E Socrate cosí disse a lui: - Alcibiade, eh tu mi pari altro che sobrio; se no, tu non avresti con tanto sottile accorgimento e rigirate ingegnose tentato d'abbuiare il fine per il quale hai dette tutte queste piacevolezze, e non l'avresti in ultimo fatto tramacchiare, quasi parlando con la testa in aria, quasi che non mirassi qua tu, di fare ch'io ami solo te e niun altro, e che Agatone sia amato solo da te e da niun altro. Ma non ce l'hai accoccata! questo tuo dramma satirico e silenico l'abbiam bell'e capito: caro mio Agatone, fagli far fiasco, procura che anima viva non ci dissepari.

E Agatone cosí rispose: - Oh, tu di' vero, Socrate, e l'argomento da ciò, ch'egli s'è sdraiato in mezzo a te e a me per tenerci discosti. Ma fa un buco nell'acqua, perché ora io mi levo su e mi gitto accanto a te.

- Bravo, - disse Socrate, - via qua.

- O Giove, quante me ne fa quest'omo! ma s'è proprio fitto in capo di soverchiarmi per ogni via e modo: va' là, lascia se non altro coricare Agatone in mezzo di noi.

E Socrate: - Non può essere, perché tu hai lodato me, e ora io ho a lodar lui che mi sta alla diritta. Se Agatone si sdraia accosto a te, non c'è poi verso che voglia lodar me di nuovo prima d'esser lodato lui.

- Va' là, lascia, o divino uomo, e non invidiare a questo giovane ch'ei sia lodato da me, ché io ne ho una voglia che mai.

- Non c'è modo, Alcibiade, che tu mi faccia star qui, - disse Agatone: - ora scappo via, ch'io le lodi mie le vo' sentire da Socrate.

- Siamo alle solite, - disse Alcibiade, - dove c'è Socrate non c'è caso che un altro possa godere dei belli: uh! guarda l'astuzia che ha trovato per stargli a fiato a fiato.

XXXIX.

Intanto Agatone si leva su per andare a coricarsi allato a Socrate. E, subitamente, una frotta di compagnoni ecco che viene alla porta e, trovatala aperta (era uscito qualcuno) difilati si caccian dentro e si gittano in su i lettucci: che confusione! poi si dà giú a bere alla disperata tanto di quel vino! Erissimaco e Fedro e alcun altro, cosí contò Aristodemo, pigliarono la via di casa, egli s'addormentò e fece una gran tirata, le notti essendo molto lunghe, e si svegliò alla punta del giorno, che ancora cantavano i galli. E, svegliatosi, vide che gli altri, parte dormivano, parte n'erano già andati via: Agatone e Aristofane e Socrate, soli, ancora a vegghiare e a bere d'un gran vaso, facendo capo da man ritta e poi torno torno. E Socrate se la discorreva con loro: ma, di quest'altri discorsi, Aristodemo non ricordavasene, cosí ci contò lui; che già egli non ci abbadò da prima, ché dormicchiava. La sostanza fu, che Socrate voleva tirarli a concedere che un che fa commedie dee sapere anco fare tragedie, e un ch'è bravo poeta tragico dev'essere altresí comico. E quelli, senza abbadar neppure a quel che dicessero, disser di sí; e già nicchiavano con la testa, per il sonno: e primo s'addormenta Aristofane, poi Agatone, quando già era giorno. E Socrate, poi che li ebbe addormentati, si leva su e va via; e Aristodemo, al solito, gli tien dietro; e andatosene nel Liceo, e fatto il bagno, passa quella giornata come l'altre; a sera se ne va a riposare a casa.